I0657664

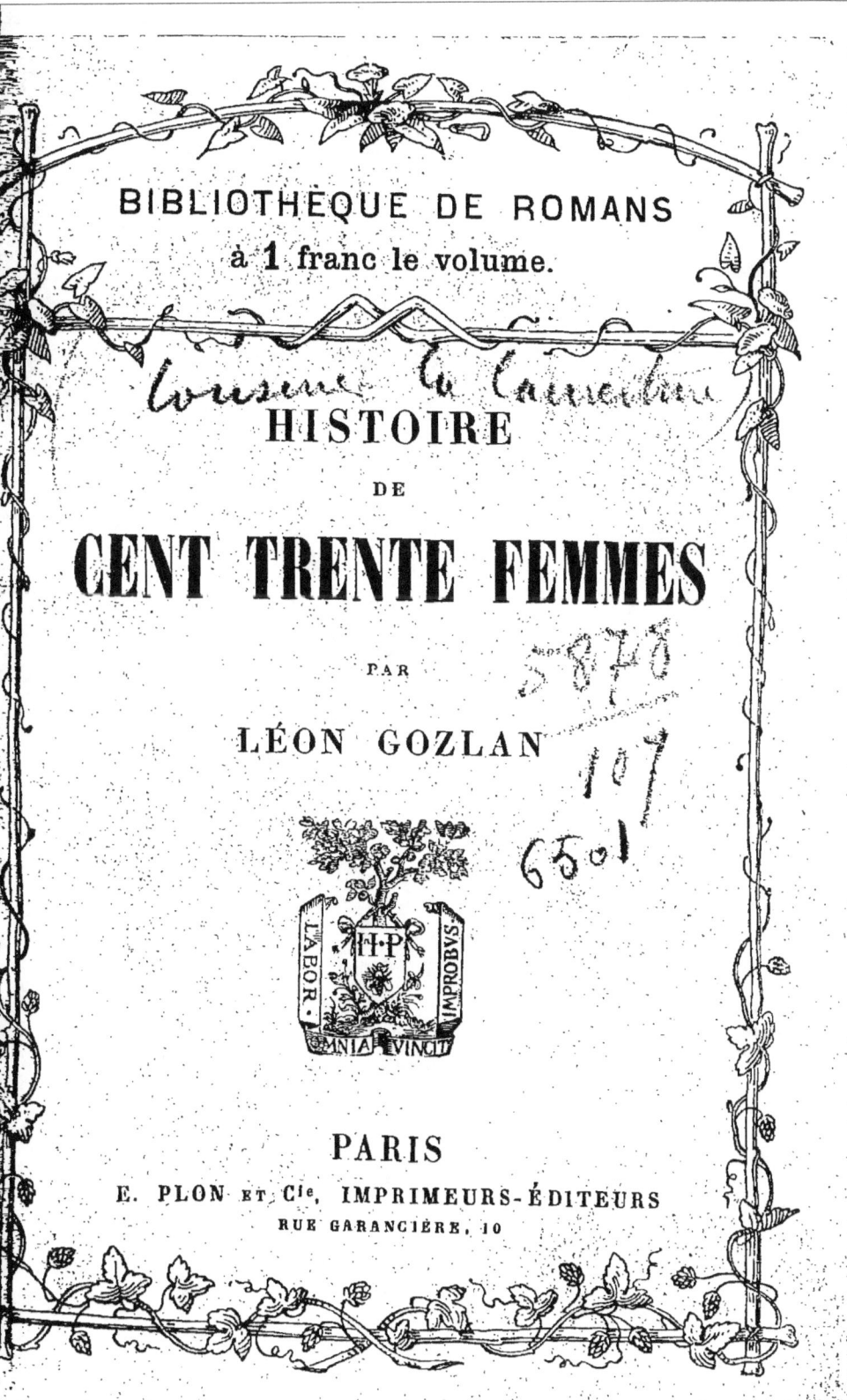

BIBLIOTHÈQUE DE ROMANS

à **1** franc le volume.

HISTOIRE

DE

CENT TRENTE FEMMES

PAR

LÉON GOZLAN

LABOR · OMNIA · VINCIT · IMPROBVS

PARIS

E. PLON ET Cⁱᵉ, IMPRIMEURS-ÉDITEURS

RUE GARANCIÈRE, 10

HISTOIRE

DE

CENT TRENTE FEMMES

HISTOIRE

DE

CENT TRENTE FEMMES

PAR

LÉON GOZLAN

PARIS

E. PLON ET **C**ie, IMPRIMEURS-ÉDITEURS

10, RUE GARANCIÈRE

—

Tous droits réservés

HISTOIRE

DE

CENT TRENTE FEMMES

I

Pour peu qu'on ait voyagé sur mer, on n'ignore pas que la moitié de l'équipage d'un navire veille sur le pont, tandis que l'autre moitié dort dans les hamacs. Ces temps d'activité et de repos se divisent en parties égales : pendant quatre heures, travail ; pendant quatre heures, sommeil. Ces divisions s'appellent des quarts ; le dernier est nommé la *diane*. Pourquoi a-t-il reçu ce nom païen ? Je l'ignore ; mais c'est celui que les matelots préfèrent. C'est ordinairement pendant ce quart qu'on leur distribue le café ou l'eau-de-vie, et c'est par conséquent celui où ils se livrent avec le plus d'abandon à l'éternel, à l'inépuisable récit de leurs aventures. Il ne faut pas oublier non plus que le jour paraît au quart de la diane, et que le soleil, en illuminant l'arc infini du ciel, dissipe les engourdissements de l'atmosphère et vient rompre le silence épais de la nuit. Muets jusque-là, les marins deviennent expansifs et se groupent autour de quelque Homère conteur, dont la mémoire, toujours jeune, console par la variété de ses souvenirs de l'éloignement de la patrie.

Le vaisseau marchand que je montais, *la Coquette d'Ajaccio,* et sur lequel j'allais de Toulon à Messine, avait le bonheur de posséder, outre le meilleur des capitaines, l'excellent *Giacomo Perfumo,* un de ces intrépides causeurs qui chassent la nostalgie du cœur malade des jeunes matelots et des pauvres passagers. Que n'avait pas vu maître Gandolphe? que n'avait-il pas fait pendant quarante ans de navigation sur la Méditerranée, l'océan Atlantique, l'océan Pacifique, la mer des Indes, la mer de Chine, la mer Glaciale? Il avait fait la pêche de la morue et de la baleine; il s'était battu en Égypte, en Espagne, dans l'Inde; il avait été prisonnier des Anglais; il avait perdu dans divers combats un œil, plusieurs doigts; mais son plus bel exploit, disait-il, était de s'être fait passer pour muet sur les pontons de Plymouth, afin d'obtenir sa liberté, qu'il n'aurait pas eue. Pendant cinq ans il s'était condamné à ne pas dire une seule parole. Comme maître Gandolphe s'est bien vengé depuis !

Quoique décoré du titre ronflant de maître, il n'était que simple matelot, mais son âge et son expérience lui donnaient droit à cette haute qualification. Du reste, l'eût-on appelé capitaine, il n'eût pas été beaucoup plus fier. Gandolphe ne mettait rien au-dessus du titre de matelot, parce qu'il ne voyait rien au delà de la profession de marin, rien au-dessus de la mer, rien d'aussi beau que l'Océan. La mer était son passé, son présent, son avenir, son amie, sa famille. Elle aura été probablement son tombeau. Qu'il dorme en paix dans son lit d'algues, de sable, de corail, si Neptune l'a appelé à lui : Neptune, le seul dieu qu'il reconnût [1].

Or, une nuit, au quart de la diane, maître Gan-

---

[1] Tout récemment, j'ai appris, par un article de journal où il était fait mention de la translation si intéressante des Invalides d'Avignon à Paris, qu'un vieux marin du nom de Pierre Gandolphe, de la Ciotat, âgé de quatre-vingt-six ans, était mort depuis quelques mois à l'hôte des Invalides d'Avignon. Est-ce le même Gandolphe?

dolphe avait réuni autour de lui ses fidèles auditeurs ; et, dans une langue si pittoresque, qu'elle
échappe à nos procédés ordinaires de style, il se
disposait à leur faire son récit d'habitude. J'avoue
que je ne prêtais pas toujours à ces causeries toute
l'attention qu'elles méritaient. Puis, je me défie
prodigieusement de l'authenticité des souvenirs des
gens de mer. Mais ce soir-là, à peine maître Gandolphe avait-il dit quelques mots, que je fus attiré
et retenu près de lui. Il avait touché à un grand
fait de l'histoire et de la législation contemporaines,
que je connaissais déjà par mes lectures.

Il s'y était trouvé mêlé. Il réveillait en moi un
bruit dont j'avais gardé l'écho. Maître Gandolphe
soulevait dans ma mémoire un intérêt d'esprit et de
cœur dont il fut le dernier à se douter. Le témoin
venait, à quinze ou dix-huit ans d'intervalle, déposer
pour moi dans une cause dont j'avais le dossier
entre les mains. Je le laissai donc parler, me réser-
vant de confronter plus tard, ce que j'ai fait à son
honneur, son témoignage et celui des livres anglais
et français qui m'attendaient tranquillement assis
dans ma bibliothèque. Il ne dit pas un mot, ce qui
sera prouvé le long de ce récit, qui ne fût l'exacte

vérité. Ainsi c'est sur des notes prises au roulis du vaisseau, lignes brisées que je redresse, caractères pâlis que je ravive, ombres auxquelles je vais rendre un corps à l'aide de l'histoire, que je tracerai et fixerai pour quelques heures ces souvenirs de la pleine mer.

Il va manquer à ces tableaux animés le vaisseau qui les berce et leur donne, pour ainsi dire, une respiration, le ciel qui les entoure d'une bordure d'azur, la mer et les vents qui leur font écho jusqu'à l'infini, les spectateurs naïfs dont l'attention et l'âme ne sont troublées par aucune préoccupation étrangère ; il va leur manquer le vaisseau, avec ses grandes ombres d'une lieue sur les vagues ; le vaisseau, théâtre, spectateur et acteur lui-même quand on raconte entre ses flancs l'histoire d'un autre vaisseau.

Ne pouvant leur rendre ces avantages, je vais du moins laisser à ces récits leur physionomie vivante et familière, la liberté du dialogue, celle dont Gandolphe usait après Socrate, Platon, Lucien, Sénèque et Montaigne, qui lui étaient parfaitement inconnus. Pour être représentée sans façon, la vérité n'est pas moins la vérité ; elle n'en est peut-être que plus la vérité.

HISTOIRE DE CENT TRENTE FEMMES.

Les matelots de la *Coquette d'Ajaccio* disaient :

« Racontez-nous donc votre histoire, maître Gandolphe.

— Vous faites fort bien de l'appeler une histoire, car rien n'est plus vrai.

— Nous savons que vous ne mentez jamais.

— Il me serait difficile de mentir : je n'ai que de la mémoire ; quand elle s'arrête, je m'arrête, absolument comme le bâtiment quand le vent est mort. Bonsoir !

— Est-ce un naufrage ?

— Et un fameux encore ! tenez ! c'est mieux que ça... Passez-moi le tabac, j'ai soif de fumer.

— Je vais vous avoir du feu, maître Gandolphe : partez !

— C'était en 1815, le 13 février [1], comme je vous le dis.

— Bon ! il devait faire froid.

— Pas du tout ; nous étions presque sous la ligne,

---

[1] Cette date est parfaitement exacte. — Voir l'ouvrage de Bigge, intitulé : « Report of the commissionnary of inquiry into the state of the colony of New-South-Wales », *Rapport du commissaire d'enquête sur l'état de la Nouvelle-Galles du Sud.* On trouve dans cet ouvrage, ou plutôt dans ce rapport, les principaux détails du grand procès criminel qui se rattache à l'histoire racontée par le naïf matelot.

nous revenions de Chandernagor et nous allions à Brest.

— Diable! non, il ne devait pas faire froid. On dit que lorsqu'on est sous la ligne, il n'y a qu'à tenir un œuf dans la main pendant une minute, et il est cuit.

— La main aussi.

— Mousse, silence! Allez, maître Gandolphe, allez!

— Or, il ventait la peau du diable cette nuit-là ; la barbe nous fumait. Nous étions menacés d'un grain. Comme nous étions dans des parages où les vaisseaux qui vont aux Indes et ceux qui en reviennent se croisent souvent, et que ces rencontres sont dangereuses au milieu de la nuit, on m'avait placé en vigie sur le beaupré, afin de signaler les bâtiments qui courraient sur nous. Jolie position! on eût aussi bien fait de me reléguer à fond de cale, car il faisait noir comme du goudron. La *Belle-Arsène,* c'était le nom de notre brick, semblait naviguer sur une mer de café.

Avec cela, il pleuvait une bénédiction, la mer était gonflée comme une grenouille ; mon caban pesait cinq cents livres; me bottes me faisaient tenir roide sur le beaupré, comme un cavalier de plomb. Je ruisselais. Vous dire si je tenais les yeux ouverts, c'est chose bien inutile : on ne dort pas quand on est à pareille noce ; mais c'était bien peine perdue.

Écoutez! sur le coup de minuit[1], à l'heure du quart, sans savoir d'où venait la poussée que je ressentis dans le dos, je fus lancé comme un palet à quinze ou vingt pieds devant moi, sur le beaupré, qui, après s'être enfoncé dans l'eau et m'avoir entraîné, au point que je bus un tonneau d'eau salée, se releva et me rejeta, les quatre fers en l'air, sur le pont. Je tombai au milieu de toutes sortes de choses qui tombaient : mâts, cordages, vergues, barriques, hommes, nous nous mîmes tous à culbuter et à rouler ainsi de l'avant à l'arrière, avec des cris, des hélas, des pleurs et des jurons à fendre le ciel. Ça ne dura pas longtemps (*which did not last more than two or three seconds :* l'accident ne prit pas plus de deux ou trois secondes, — déposition du lieutenant Thompson); mais, si peu de

---

[1] Ici maître Gandolphe commet une légère erreur. Le lieutenant Thompson affirme, dans sa déposition devant la cour de Sidney, que la rencontre des deux navires eut lieu entre dix et onze heures : *between ten and eleven.* Le témoignage d'un officier de marine, en pareil cas, est infiniment préférable à celui d'un matelot de marine marchande, qui ne sait jamais l'heure qu'à peu près.

temps que cela dura, je devinai la cause de cette agréable surprise. Au lieu d'être accostés par devant, comme nous le craignions, nous venions d'être abordés par derrière, et de la belle façon que je vous dis. En deux minutes, la *Belle-Arsène,* qui avait été construite à Brest, qui sortait pour la première fois du port depuis la paix, un brick joli et fier comme une demoiselle, qui filait ses dix nœuds sans se mouiller la cheville, eut les reins fracassés, râla deux ou trois fois que c'était à faire pitié, et piqua une tête dans la grande tasse, où nous irons tous boire, qui plus tôt, qui plus tard, s'il plaît à Dieu, au grand saint Elme et à tous nos saints patrons du paradis. Passez-moi du tabac.

— Est-ce que votre histoire est déjà finie? demanda le mousse.

— Imbécile, comment veux-tu qu'elle soit finie, puisque maître Gandolphe est là! Elle serait finie si...

— Silence! dit le maître d'équipage. La parole est à maître Gandolphe. Nous ouvrons des oreilles comme des sabords, maître Gandolphe : continuez.

— Maître Honorat a raison, mon histoire n'est pas finie, et pourtant le mousse n'a pas tort.

— Il a tort, il n'a pas tort, expliquez-vous.

— C'est tout expliqué : il y a un trou dans mon histoire; et comme je ne veux pas mentir, je ne sais que fourrer dans ce trou pour vous faire comprendre ce que je n'ai jamais compris moi-même.

— Quoi donc, maître Gandolphe?

— J'ai eu beau me prendre la tête à deux mains, tordre comme une corde mes souvenirs, presser ma mémoire à en devenir fou, je n'ai jamais pu m'expliquer comment, après une catastrophe où tout avait péri, bêtes et gens, bois et fer, toiles et cordages, sans qu'il ait flotté seulement sur l'eau une éponge, je me suis trouvé, moi seul, moi unique, rien que moi sur vingt-cinq hommes d'équipage et trente-trois passagers, sur le vaisseau qui nous avait si bien coudoyés en passant.

— Cela arrive pourtant quelquefois, maître Gandolphe.

— Faut bien le croire, puisque me voici.

— Et qu'est-ce que c'était que ce vaisseau?

— Un anglais.

— C'est fait pour vous, maître Gandolphe.

— Oui, un anglais, une espèce de grosse gabare [1]. Mais nous causerons de ça plus tard; pour

[1] *Store-ship.* — Vaisseau-magasin. — Celui-ci contenait, dit Thomp-

le moment, qu'il nous suffise de savoir que, lorsque
je rouvrais les yeux et que je me secouai les
oreilles, — et tout ça, façon de parler entre nous,
mes bons camarades, car je ne pouvais rien secouer
du tout, tant j'étais aplati, moulu, abîmé dans un
étourdissement qui m'a duré plus de trois jours, —
je crus être chez le vieux Neptune, ce patron des
naufragés. J'avais des tas de voiles et de toiles goudronnées sur les bras, sur les jambes, sur la poitrine, bref, sur tout le corps, et j'entendais marcher
sur ma tête. Un moment je me figurai que j'étais
parmi les poissons, dans le ventre d'une baleine.
Peu à peu le bon sens me revint, je crus voir le
jour à travers le fouillis sous lequel j'étais enterré :
quelques minutes après, je ne doutai plus que
j'étais encore vivant et sur un vaisseau.

— Et vous n'aviez rien de cassé?

— Ma pipe.

— Mais vous étiez prisonnier des Anglais?

— Ah! mousse, où as-tu appris l'histoire? En
1815, nous étions les meilleurs amis du monde,
nous et les Anglais; ils ne nous avaient rien fait,

son : *instruments of husbandry, clothings for the troops and convicts,
and other necessaries :* meubles de ménage, instruments d'agriculture,
habillements pour les troupes et les condamnés, et autres objets d'utilité.

nous ne leur avions rien fait, nous nous mangions dans la main. C'était la paix. Vive la paix! ah! la paix avec les Anglais! Est-ce qu'on fait jamais la paix avec les Anglais? »

Les dernières dents de maître Gandolphe grincèrent.

« Voyons, maître Gandolphe, il ne s'agit pas des Anglais pour le moment.

— Il s'agit toujours des Anglais. On voit bien que vous êtes jeunes. Ah! si vous étiez vos pères! Figurez-vous... non, vous ne pouvez pas vous figurer. Ils sont roux, ils ont les dents blanches, les ongles longs, ils ne parlent pas comme nous... ils appellent le pain *bread,* et ils n'en mangent pas; et alors, pourquoi ont-ils du pain? Tout ça, c'est pour nous vexer, rien que pour nous vexer.

— Pourtant, maître Gandolphe, sans les Anglais vous périssiez?

— J'aurais mieux aimé périr que d'être sauvé par les Anglais. Je ne dis plus rien. »

Gandolphe boutonna sèchement son caban, enfonça son bonnet jusqu'aux oreilles; il devint du marbre. Il ne fut plus qu'à sa rage contre les Anglais.

« Allez-vous nous laisser longtemps en panne

comme ça, maître Gandolphe? Nous ne sommes pas des Anglais, nous autres; voyons...

— Je ne dis plus rien, répéta Gandolphe en mâchant le tuyau de sa pipe qu'il pulvérisait.

— Nous ne les aimons pas plus que vous.

— Vous avez pris leur défense.

— Allons donc!

— Père Gandolphe, vous qui ne mentez jamais, vous vous servez là d'un motif... dites plutôt que vous n'avez rien à nous dire.

— Je n'ai plus rien à vous dire!

—Dites que vous avez perdu tout à fait la mémoire...

— J'ai perdu la mémoire! moi qui n'ai oublié ni le nom d'un seul de ces gredins-là, ni une seule de leurs paroles, car j'ai le malheur de savoir l'anglais; j'ai payé assez cher pour l'apprendre : cinq années de ponton! quel professeur! vous allez voir si j'ai perdu la mémoire. »

Le piége tendu à l'amour-propre de maître Gandolphe avait réussi; il reprit ainsi en allumant une autre pipe :

« De dessous mes décombres, j'entendis une voix qui disait tout bas :

— Est-ce toi, Ascott? »

Une autre voix répondit avec la même précaution :
« C'est moi, Carter.

— As-tu vu nos hommes, Ascott?

— Oui.

— Combien en as-tu vu?

— Autant que tu m'as dit : tous ceux que tu m'as désignés.

— Douze?

— Oui, douze, les meilleurs   Herman, Green, Harrisson, Murray, Hanson, Horseley, Lindsay, Rickards, Samuel, Chapmann, Grenfeld, Taylor [1].

[1] NAMES (noms).	OFFENSES (délits).	VERDICT.	ARRÊT.
John Herman,	murder (meurtrier).	guilty (coupable).	death executed (exécuté).
Green,	Id.	Id.	Id.
Harrisson,	Id.	Id.	life (prisonnier pour la vie).
Murray,	Id.	Id.	death executed.
Hanson,	Id.	Id.	discharded (acquitté).
Horsley,	Id.	Id.	death (à mort).
Lindsay,	Id.	Id.	Id.
Rickards,	Id.	Id.	Id.
Samuel,	Id.	Id.	Id.
Chapman,	Id.	Id.	confined in the gaol (cachot).
Grenfel,	Id.	Id.	death (à mort).
Taylor,	Id.	Id.	Id.

Ce tableau est extrait de l'ouvrage de Wentworth, intitulé : *A statistiacl historical and political description of the colony of New-South Wales and its dependent settlements in van Diemen's land.*

— Ce sont, en effet, les meilleurs, les plus solides, les plus braves du *Niagara*. Cœurs d'acier, bras de fer : vrais Anglais. Mais les autres ?

— Les autres suivront l'exemple de leurs chefs. Es-tu satisfait ?

— Ascott !

— Plaît-il ?

— Est-ce que le lieutenant Thompson ne nous observe pas en ce moment ?

— Non, il a bien les yeux tournés de ce côté-ci, mais c'est pour s'assurer que la rencontre que nous avons faite de cette coquille de noix n'a pas écorché le nez du *Niagara*. Il travaille à son rapport. Le lieutenant Thompson fait toujours des rapports.

— Continue le tien, Ascott. Comment as-tu présenté la chose aux douze chefs que tu viens de me nommer ?

— Nettement ; j'ai joué ma tête avec eux.

— C'est toujours comme ça qu'il faut jouer pour gagner. Va !

— Je leur ai dit : Voici de quoi il s'agit...

— Passe, je sais l'affaire.

— D'abord on s'emparera du capitaine du *Niagara*, sir Forster.

— Très-bien, Ascott! marche, marche, nous sommes sur du feu.

— On s'emparera du second et du lieutenant.

— Et les officiers ?

— Quant aux officiers, on verra.

— C'est toujours ton idée, Ascott; tu crois que les officiers passeront avec nous ?

— Oui, les plus jeunes. Songe à ce que tu leur proposeras. Quelle fête! quelle noce !

— N'y compte pas trop, Ascott; prends tes mesures en conséquence. Continue, grand diable!

— Je leur ai dit qu'une fois les maîtres du *Niagara,* ils ne feraient aucun mal ni au capitaine Forster, ni à aucun des officiers de l'état-major. Ceux-ci seraient tout simplement désarmés et gardés à vue : voilà tout.

— Ont-ils accepté cette condition?

— Tous. Je leur ai dit encore qu'il ne serait commis à bord aucun pillage, aucun vol de quelque nature qu'il fût; ils ont pareillement accepté.

— Vrai Dieu! ce sont de petits anges que ces hommes-là, Ascott. Et le chapitre des boissons, tu n'en parles pas?

— Il a été plus difficile à traiter, ton satané chapitre.

— Je m'y attendais; mais file du câble; Ascott, file. Parle.

— Ils voulaient tous, après la capture du *Niagara*, disposer comme ils l'entendraient des cent cinquante barriques de rhum qui sont à bord. J'ai dit non, fermement non. Carter, ai-je ajouté, aura la garde des cent cinquante barriques de rhum; il n'en sera pas bu une seule goutte sans son ordre.

— Bien parlé!

— Il y a eu des résistances, de fortes résistances, Carter.

— Et ont-ils accepté enfin?

— A peu près. Ils exigent la triple ration.

— Triple ration! c'est énorme. Diable!

— Cela ou rien, m'ont-ils répondu.

— Triple ration!

— Je ne pouvais plus reculer, ils avaient notre secret.

— Silence, Ascott! le lieutenant Thompson vient vers nous.

— Oui... il mâche quelque rapport.

— Il va nous parler.

— Écoutons. »

Et en effet, dit maître Gandolphe, le lieutenant du *Niagara* leur demanda :

« Avez-vous remarqué quelque dégât à la proue du vaisseau, Ascott?

— Non, lieutenant, non.

— Et vous, Carter?

— Ni moi non plus, lieutenant.

— Le beaupré n'a pas souffert?

— Du tout.

— Et l'éperon?

— Il est parfaitement sain.

— Avez-vous recueilli quelques débris du vaisseau que nous avons si malheureusement coulé?

— Aucun, lieutenant, il est mort tout entier.

— Très-bien! Veillez aux manœuvres; je vais faire mon rapport.

— Tu disais donc, Ascott, qu'ils exigent trois rations de rhum par jour?

— Oui.

— Ils sont modestes, les gredins.

— Ils veulent aussi le partage immédiat de tout le tabac qui est à bord du *Niagara*.

— Tout le tabac! ah çà! mais ces coquins-là oublient donc que si nous réussissons, ils entrent

en partage d'une marchandise cent fois plus précieuse que le rhum, le tabac et l'argent? Quand
nous leur proposons d'en avoir la libre possession
avec nous, ces gentilshommes font les difficiles, ils
discutent, ils font la petite bouche... mais ils méri-
teraient... »

Carter frappa du pied sur le pont, et rien qu'à
ce coup sec et énergique je devinai quel homme ce
pouvait être. Le son me dit la cloche. Tout ce qu
se trouvait autour de lui en fut ébranlé, comme un
cabaret de porcelaine sur un guéridon.

« Ne te fâche pas, Carter; c'est fini. Une fois
l'affaire faite, ils consentent à te remettre le commandement du *Niagara,* que tu conduiras où diable
tu voudras, pourvu que ce ne soit ni aux Indes, ni
en Angleterre, où ils seraient infailliblement pendus.

— C'est mon affaire. Nous retournerons à Madagascar. La reine de l'île est en guerre avec l'Angleterre; elle sera fort contente de nous avoir à son
service, d'avoir en nous des matelots, des charpen-
tiers, des pilotes, etc. On ne refuse pas un pareil
cadeau.

— Je leur ai dit, poursuivit Ascott, que l'exécution aurait lieu au dernier coup de minuit, la nuit

prochaine. Deux heures avant minuit, la distribution des armes leur serait faite dans les cadres, et eux, à leur tour, la feraient aux autres matelots. Maintenant, Carter, qu'as-tu fait de ton côté pour la cause?

— Exactement tout ce que tu as fait, Ascott; seulement, j'ai mis dans notre projet trente-six matelots au lieu de douze, ce qui, en tout, nous donne plus de la moitié des hommes dont nous avons rigoureusement besoin. Je n'avais promis que double ration de rhum; mais puisque tu es allé jusqu'à trois, ils auront trois rations. Je ne dois rien te cacher, Ascott, tout allait au gré de mes désirs; point d'hésitation, point de refus. La seule difficulté, une terrible difficulté, est venue à cause de toi : tout a été sur le point d'échouer à cause de cette difficulté.

— Qu'est-ce donc, Carter?

— Quand j'ai eu fini de parler, de dire à tous mes camarades ce que nous attendions d'eux et ce qu'ils auraient de nous, le mulâtre Samuel est sorti des rangs et m'a dit : Moi, je veux, pour être des vôtres, que personne ne me dispute Proserpine!

— Ah! il veut Proserpine, dit Ascott, il veut Proserpine! »

Et Ascott frappa sur le pont avec encore plus de vigueur, si c'est possible, que Carter; le coup faillit m'atteindre à l'épaule; il me l'aurait brisée comme un œuf s'il m'eût touché. Il y eut un grand moment de silence après l'explosion d'Ascott, qui répéta pour la deuxième fois : Ah! Samuel veut Proserpine! Et il ajouta entre ses dents, de peur d'être entendu de ceux qui allaient et venaient autour de lui, car le jour grandissait de plus en plus : Ni lui, ni cent, ni mille, ni cent mille comme lui ne passeront seulement la main sur les cheveux de Proserpine. Je n'entre dans le complot que pour l'avoir, et on me la disputerait! Mort et malheur à celui qui osera me la disputer, même en pensée! je lui ouvrirai la poitrine avec ce couteau, et je lui mangerai le cœur comme on mange une orange. — Un vil, un affreux mulâtre poserait sa patte de singe sur ses épaules blanches! Qu'il y vienne! qu'il y vienne donc! Il a six pieds, eh bien! je lui enlèverai la joue dans une seule morsure. Tu sais comment je mords, Carter! ma bouche vaut tes mains. Le nègre Samuel! oh! le nègre Samuel! j'ai faim de ce nègre. Non! non! ce n'est pas possible! et tu ne lui as pas craché au visage quand il t'a fait une pareille proposition? et tu n'as pas essuyé la souillure avec ton pied? qu'as-tu fait enfin? Ne ris donc pas, Carter! réponds!

— J'ai accordé ce qu'il demandait.

— Tu as accordé?... tu lui as promis Proserpine?

— Oui!

— Non!

— Oui, te dis-je, Samuel avec nous, nous donne vingt hommes; Samuel contre nous, nous enlève presque tout l'équipage. Il fallait choisir. Donc, j'ai accepté.

— Au fait, tu as bien agi, reprit Ascott avec une résolution si calme, que je me peignis sans peine et sans avoir besoin de la voir la formidable impassibilité de son visage. Tu as bien fait. Une heure après le succès de notre affaire, le mulâtre Samuel sera jeté par-dessus bord.

— Je t'aiderai, Ascott.

— Merci, j'y compte, Carter!

— Nous avons tout dit, n'est-ce pas? reprit Carter. Séparons-nous maintenant.

— Pas encore, Carter.

— Tu as encore quelque chose à me dire?

— Oui.

— Quoi donc, Ascott?

— Écoute.

— Tu souris, Ascott ?

— J'aime Proserpine, reprit Ascott, comme tu aimes Caroline Prior.

— Oui, eh bien?

— Eh bien, l'Irlandais Preston, comme le mulâtre Samuel, ne veut entrer dans le complot qu'autant que nous lui assurerons l'entière et absolue possession de la jolie Caroline Prior.

— Caroline Prior ! »

Au mouvement élastique du pont qui s'éleva et s'abaissa comme le dos d'une baleine blessée, je sentis que Carter avait bondi et était retombé trois ou quatre pas plus loin. Il redit avec rage :

« Caroline Prior ! mais il ne sait pas que j'aimerais autant qu'on m'arrachât toutes les dents avec des tenailles rougies au feu que de voir quelqu'un effleurer seulement le bas de la robe de Caroline Prior ! mais je passerai sur lui comme nous avons passé cette nuit sur ce navire dont nous ne savons pas même le nom ; il ne restera pas même de lui le tourbillon, l'écume que ce navire a laissés en sombrant corps et biens au milieu de la nuit, au milieu de l'abîme. Il ne sait pas ce que pèse ce bras quand il s'abaisse : qu'il ne le sache jamais !

— Assez, Carter, assez ! dit Ascott en prenant les deux poignets gonflés de veines de Carter : assez ! ce jeune homme a de l'influence sur l'équipage. Il est insolent, c'est vrai ; mais il a quelque bravoure. Nous avons besoin de lui : attends du moins que nous ayons réussi, alors...

— Alors nous réglerons nos comptes.

— Soit, Carter ; mais jusque-là étouffe ta colère ; rentre-la dans le fourreau et mets la main sur la poignée. Meurs, mais tais-toi.

— Je me tais.

— Je t'aiderai aussi, Carter. Compte sur moi pour te débarrasser de l'Irlandais Preston, comme je compte sur toi pour me débarrasser du mulâtre. »

Les deux mains de fer des deux matelots se rencontrèrent.

« Cette fois, tout est dit, n'est-ce pas, Ascott ?

— Tout, répondit Ascott, qui dit à son tour : Cette nuit ! »

Il ajouta : « Le coup de main accompli, le capitaine Forster, le second, sir Grant, le lieutenant

Thompson et tous les officiers seront mis aux fers, gardés à vue, le pistolet sur le cœur.

— Maîtres du *Niagara,* nous descendrons aussitôt par la grande écoutille, dit Carter.

— Et nous remonterons par celle-ci, ajouta Ascott, avec nos cent trente... mais silence! j'ai entendu du bruit sous le vent... ce n'est rien... oui, nous remonterons par cette écoutille, vainqueurs, triomphants, portant dans nos bras... Dire que dans quelques heures c'est par là que nous repasserons... »

Et dans son enthousiasme expressif, saisissant par un bout la grosse toile goudronnée qui masquait la grande écoutille du gaillard d'avant, et qui me cachait aussi, il la renversa brusquement sur elle-même... j'étais découvert! j'étais perdu!

« Un homme! dit Ascott. — Fais-en un cadavre, riposta Carter. Tue-le! »

Ascott se jeta sur moi comme une hyène et me prit le cou; j'allais mourir. Je n'eus que le temps de crier : « Français!

— Arrête! lui dit Carter. S'il nous a entendus, il peut n'avoir rien compris.

— Sais-tu l'anglais? » me demanda Ascott, dont le souffle me glaça le visage, dont les yeux pleins de sang étaient sur mes yeux, dont les mains arrondies et crispées s'éloignèrent un peu de mon cou afin de laisser sortir une réponse de mon gosier.

Je ne répondis pas.

« Tu vois, dit Carter, il n'entend pas l'anglais. C'est un des naufragés de cette nuit...

— Que faites-vous donc là? cria le lieutenant Thompson aux deux matelots... On va dire la prière.

— Lieutenant, répondit tranquillement Carter, nous donnons des soins à un pauvre matelot français, à demi mort, tombé cette nuit comme un goëland sur le pont du *Niagara*.

— Un Français! un naufragé! emmenez-le. Ceci va admirablement compléter mon rapport, dit le lieutenant. Emmenez, emmenez donc!

— Nous ne pouvons que vous l'apporter, lieutenant. » Et Ascott et Carter me prenant l'un par les pieds, l'autre par la tête, me portèrent, du gaillard d'avant au gaillard d'arrière, au lieutenant du *Niagara*, afin qu'il pût compléter son rapport [1].

---

[1] Le lieutenant Thompson fut plus tard, comme on le verra plus loin, d'un grand secours dans le procès du *Niagara* devant la cour de l'amirauté de Sidney. Son esprit d'ordre et sa rectitude de jugement abrégèrent considérablement le parcours d'une affaire si grave et si compliquée.

II

« Voilà une fière histoire, maître Gandolphe.

— Vous n'êtes pas au bout, mes enfants ; vous n'êtes pas au bout. »

Le pilotin se frotta les mains avec joie ; le mousse s'accrocha comme un singe aux basses enfléchures, pour être aux premières loges, suivant son expression. Malgré leur impassibilité orientale, les matelots paraissaient impatients de voir maître Gandolphe reprendre le fil de son récit.

Il continua ainsi :

« Depuis plus de quarante ans que je me promène en long et en large sur le grand pré, j'ai vu bien des tremblements sur les vaisseaux où j'ai servi, mais jamais... N'anticipons pas.

— Maître Gandolphe, voulez-vous ma pipe ?

— Maître Gandolphe, voulez-vous du tabac ?

— Maître Gandolphe, ne vous dérangez pas ; quand vous voudrez du feu...

— Maître Gandolphe, si un petit verre vous était agréable... »

Il n'est sorte de politesses qu'on ne fît au vieux marin pour l'engager à ne pas négliger une seule syllabe de sa narration.

« Vous dire, poursuivit-il que j'avais une idée bien nette de ce qui m'était arrivé en si peu de temps, ce serait vous tromper ; et je ne fume pas de ce tabac. On ne passe pas d'un brick qui revient des Indes sur un trois-mâts qui s'y rend ; on n'est pas lancé comme un bouchon de liége du milieu d'un équipage français au milieu d'un équipage anglais ; on ne reste pas huit heures aplati, étouffé sous une montagne de toiles, de vergues et de cordages ; on n'entend pas ce que j'avais entendu, on n'est pas à demi étranglé, sans qu'il vous en reste quelque chose. Il m'était resté un hébétement dans les idées et un étourdissement dans le cerveau comme si j'avais bu un bidon entier d'eau-de-vie. Pourtant je n'avais pas perdu toute présence d'esprit. Je me disais toujours : N'oublie pas, Gandolphe, que tu ne sais pas l'anglais, ou tu es étranglé. Bien m'en prit ; car après qu'on m'eut fait avaler je ne sais combien de tasses de bouillon et beaucoup de verres de rhum, vu que ces brigands d'Anglais sont pleins d'humanité en mer, à l'endroit des naufragés, faut le dire à leur éloge et pas du tout à celui des Américains, les plus ladres de tous les océans, le lieutenant Thompson, en présence du capitaine Forster et de huit ou dix officiers, me tanna d'une foule de questions comme si j'avais été au catéchisme. Tout cela, bien entendu, en français : « Où alliez-vous? — A Brest, mon lieutenant. — D'où veniez-vous? — De Chandernagor, mon lieutenant. — Comment se nommait votre vaisseau? — J'essuyai mes yeux avant de répondre : La *Belle-Arsène.* — De quoi étiez-vous chargés? — Nous revenions sur lest, mon lieutenant. — Combien étiez-vous d'hommes à bord? — Dix-sept, mon lieutenant. — Comment vous nommez-vous? — Jean-de-Dieu Gandolphe, comme mon père, mon lieutenant. — Avez-vous reçu quelque blessure en étant précipité sur ce vaisseau? — Aucune, mon lieutenant. — Où souffrez-vous, maître Gandolphe? — J'ai faim, mon lieutenant. » Cette réponse mit fin au satané interrogatoire de ce brave lieutenant Thompson, qui fit signe à un jeune officier de me faire servir à déjeuner. Puis il m'adressa encore ces dernières questions : « Savez-

vous où nous allons? — Non, mon lieutenant. —
Nous allons à la *Nouvelle-Hollande*. — Ça m'est
bien égal, mon lieutenant. — Avez-vous une autre
profession, outre celle de marin? — Je suis char-
pentier. — Voulez-vous faire partie de notre équipage? — Je veux tout ce qui ne sera pas contre la
France. — Vous êtes un brave homme, me dit une
autre voix. Je me retourne : c'était le capitaine
Forster, le commandant du *Niagara*. — Oui, vous
êtes un brave homme, répéta-t-il; qu'on ait soin de
lui », dit-il au second, master Grant.

Si le bon Dieu descendait un jour sur la terre, il
ne prendrait pas une meilleure, une plus respectable
figure que celle du capitaine Forster ; et si le diable
accompagnait le bon Dieu dans la traversée, il
n'en endosserait pas une plus repoussante que celle
du second.

Le capitaine Forster avait les cheveux gris, fins et
légers autour du front, de petites touffes qui semblaient lui dire quand il marchait : Bonjour, capitaine ! bonjour!

L'autre, master Grant, les avait roux et taillés
en brosse au beau milieu de la tête. Grand et mince
comme un peuplier, le capitaine portait la tête haute

et dégagée; et quand il vous regardait, ça vous faisait dans le cœur l'effet d'une bonne nouvelle. Ses yeux étaient bleu de femme ; bons, très-bons, doux, mais fiers pourtant. L'autre les avait je ne sais trop comment, et il n'y a pas de peintre qui pourrait le dire. Le capitaine Forster vous regardait toujours en face comme le soleil, master Grant toujours de profil comme un couteau.

Quand j'eus bien bu et bien mangé, je me dis à part moi : Ah çà! maintenant, Gandolphe, tu ne peux te dissimuler qu'à bord de ce bâtiment qui t'a sauvé s'il t'a fait périr, il va se passer des événements dont la surprise n'amusera pas tout le monde. Dois-je ou non en prévenir ce bon capitaine qui m'a dit en me frappant sur l'épaule : « Vous êtes un brave homme » ? Ma conscience me répondit : Oui; ma colère me dit : Non. C'est que j'ai été cinq ans prisonnier des Anglais, moi ; cinq ans prisonnier sur les pontons, dormant dans de l'eau pourrie! mangeant des chiens, des chats, des rats, et quand j'en avais, encore! dévorant du pain plein de vermine, fouetté trois fois jusqu'au sang!... « Je ne dirai rien, m'écriai-je en mettant les deux pieds sur le milieu de ma conscience. Anglais contre Anglais, qu'ils se tuent! plus il s'en tuera, mieux vaudra! Allez donc! » — Je n'étais pourtant pas bien décidé encore : le capitaine Forster m'avait dit : « Vous êtes un brave homme. » Qu'avait-il besoin de me dire cela? « Après tout, me disais-je encore, ils ne vont pas s'égorger à première vue : d'abord je ne sais pas de quoi il s'agit. L'intention des révoltés est sans doute de demander certaines choses qu'on leur accordera peut-être; et si on les leur accorde, eh bien, il n'y aura pas de rébellion, pas de révolution à bord du *Niagara*. Tout s'arrangera pour le mieux, et ma conscience ne viendra pas me dire à l'oreille en me la pinçant : Gandolphe, tu es un gredin, tu n'as pas averti le capitaine Forster de ce qui devait se passer à son bord... Donc, il ne se passera rien. »

J'étais d'autant plus de cette opinion, que la physionomie de l'équipage du *Niagara* était calme comme un bol de lait. On allait, on venait, on travaillait, on causait sur le pont; et encore causait-on tout bas; car on ne crie pas sur les navires anglais! ah! mais non.

Et quel ordre! quelle discipline! quelle éternelle propreté à bord! Ces canailles d'Anglais ont des mains de fée pour polir les cuivres, lustrer le fer et vernir les cuirs. C'est de la bijouterie, quoi! de la vraie bijouterie fine. On mangerait de la crème sur les plats bords.

Je vous disais donc que l'équipage n'annonçait dans ses intentions ni dans ses allures rien qui fît prévoir ou craindre quelque chose de bien sérieux pour le capitaine et pour son entourage d'épaulettes. Et puis, depuis dix ans j'avais tant vu cuire de révoltes sur mer et j'en avais vu si peu servir à table, que je continuais de me tranquilliser de plus en plus.

Cette indifférence des marins du *Niagara* alla même si loin, que vers l'après-midi elle me retira un peu de cette confiance absolue dont je vous parle.

Ils me paraissaient trop gais : beaucoup portaient des rubans verts et roses à la boutonnière de leur veste. Pourquoi ces rubans? — ces rubans qu'ils avaient l'air parfois de se désigner du regard comme pour se dire : « J'en suis, tu en es aussi, nous en sommes tous. » Était-ce un signal? Et si c'était un signal, la conspiration tenait donc toujours? Mais pourquoi cette conspiration? Cette conspiration où il s'agissait, si j'avais bien entendu sous mes toiles goudronnées, de s'emparer, au moment donné, de cent trente... cent trente quoi? — Qu'y avait-il de si précieux dans l'intérieur du *Niagara?* A qui le demander? — Me l'aurait-on dit? — Ma question n'aurait-elle pas éveillé les soupçons des matelots? — Cent trente quoi?... — Et puis qu'était cette Proserpine... qu'était cette Caroline Prior? — Deux femmes? Leurs maîtresses? Leurs maîtresses embarquées en fraude, en cachette, et déguisées, comme il arrive souvent, en matelots? Mais quel rapport cela avait-il avec une révolte?... Cent vingt hommes d'équipage ne s'exposent pas à des châtiments terribles pour de petites questions... « Ah çà! mais, me dis-je à la fin, en tombant en flèche du beaupré de la *Belle-Arsène* sur le pont du *Niagara,* j'ai donné en plein la tête contre le bois... J'ai été secoué comme un panier à salade... Est-ce que mon cerveau ne serait pas détraqué? Est-ce que je n'aurais pas rêvé tout ce que j'ai cru entendre? » Je commençais à le croire, quand tout à coup je remarquai sous le vent de la misaine les deux matelots qui m'avaient porté, le matin, au lieutenant Thompson.

Ils causaient intimement avec un grand mulâtre

et un jeune matelot qu'ils appelaient à chaque instant dans leurs conversations gentle Preston, le gentil Preston.

Alors je me dis que je ne rêvais plus.

J'avais bien devant moi, sous mes yeux, mes quatre chefs : Ascott, Carter, Samuel le mulâtre et Preston l'Irlandais ; et il était bien Irlandais ; à son accent, il était impossible de s'y tromper : les Irlandais, voyez-vous, sont les Gascons de l'Angleterre. On ne comprend pas la moitié de ce qu'ils disent, ils ne parlent pas, ils jacassent, ils font trois gestes pour un mot ; ils ont des yeux au bout de chaque doigt et dix doigts à chaque main.

Vous me permettrez de vous dire comment étaient bâtis mes quatre drôles.

« Nous vous le permettons, maître Gandolphe, nous vous le permettons. »

Mais nous, malgré notre profond respect pour la parole vénérée de maître Gandolphe, nous, son sténographe fidèle, nous n'accordons pas cette permission au vieux conteur. Nous lui retirons un instant la parole pour la remettre au lord juge-commissaire de la haute cour martiale de Sidney, capitale des possessions pénales de l'Angleterre en

Australie; et nous copions de son rapport dans l'affaire criminelle du *Niagara* les pages suivantes extraites de l'*Asitatic Journal,* année 1815, *septembre, neuvième cahier :*

« L'accusé John Ascott est un homme de très-haute taille, quoiqu'un peu moins grand que Carter. Sa tête, fortement caractérisée et pâle, mais d'une pâleur ardente, trahissant des passions qu'on pourrait appeler tempêtueuses. Son front est celui de l'Hercule : dur, noueux et bas; comme Hercule, il a les cheveux courts, secs et bouclés, le cou ramassé d'un taureau, les épaules voûtées, la poitrine en forme de cuirasse. Il est plus imposant que réellement beau. Ses yeux, qui sont plutôt grands que petits, comme chez tous les hommes forts, ont quelque chose de vague et de doux qui rappelle les yeux magnétiques du léopard. Ils sont bleus, picotés de points verts, et cachés sous des cils fort longs qui se croisent. Les plus belles dents du monde n'empêchent pas sa bouche d'avoir un aspect redoutable; elle est grande, relevée par le milieu : ce qui, poussant vers le haut la base de son nez, donne à tout son visage une expression ironique; expression qu'accuse encore plus profondément un sourire tranquille qui n'arrive jamais à l'éclat. Ses cheveux sont d'un blond cendré, comme chez tous les Saxons de race. Courts, musculeux, ses bras ne paraissent pas avoir la conscience du poids des objets qu'ils saisissent, quand ils sont trop légers. Jusqu'ici la passion dominante de John Ascott est la jalousie, mais la jalousie poussée jusqu'au désespoir, jusqu'à la folie. Cette constitution amoureuse et jalouse l'a déjà jeté dans de fort mauvais cas, et il est en droit de lui attribuer exclusivement la part sanglante qu'il a prise dans le procès criminel soumis en ce moment à notre appréciation juridique.

« Tom Carter a quelques points de ressemblance avec John Ascott. Mais Carter est Gallois, et il doit à cette origine un teint moins blafard, un front plus élevé, bombé au sommet, des cheveux moins blonds. D'une taille plus élevée, il est plus dégagé dans sa marche et plus libre dans ses mouvements. Il appartient néanmoins à cette même race d'hommes primitifs que l'Angleterre est trop heureuse d'exiler sur la mer. Ils sont trop vivaces pour rester sur le continent, qui ne pourrait en faire ni des ouvriers ni des agriculteurs. Il faut pour leur nature turbulente qu'ils soient constamment aux prises avec la privation, le danger et la mort. La terre n'a pas assez d'air, dirait-on, pour leur poitrine.

« Ce sont ces hommes qui, indifférents au froid du pôle, insensibles aux feux de l'équateur, plus forts que la fièvre des marais empestés de l'Inde, plus patients que les moucherons qui les dévorent dans les savanes d'Amérique, plus calmes que les autres hommes du Nord, plus agiles que ceux du Midi, supérieurs en toutes choses à tous les hommes du continent, ont assuré à l'Angleterre l'empire inébranlable des mers.

« Tom Carter est le vrai Anglais; l'Anglais robuste, soumis, patient sur la mer; désordonné, extravagant, miraculeux d'excès à terre dans le plaisir; mangeant tout alors, buvant tout, aimant tout, tuant tout dans l'ivresse et se tuant lui-même.

« L'Irlandais Preston, surnommé le gentil Preston, est, au contraire, le type irlandais dans toute la force du mot. Traits fins, délicats; cheveux doux et noirs; front immense, vide de raison, mais plein de vent et de fantaisie; menton rond et luisant; nez fort, transparent, moitié aquilin, moitié droit; belles dents blanches et gaies comme les touches d'un piano; corps souple, toujours allant,

toujours courant : chevreuil, chamois, daim. Il était
évident pour ses compagnons que Preston n'était pas
matelot depuis longtemps ; il se trompait souvent
de manœuvre à bord du *Niagara,* et s'endormait pendant le quart ; mais il compensait ces négligences
par un esprit vif et charmant, par une grande bravoure dans le péril. On l'avait vu, dans une violente
tempête, s'attacher une corde autour des reins, et
se précipiter dans la mer, au milieu des requins.
Généreux, prodigue, et non pas seulement en
paroles, il semait les pièces d'or sur tous les points
où l'on relâchait. Ces dépenses exagérées ont souvent intrigué les matelots du *Niagara,* qui se
demandaient pourquoi, étant si riche ou si visiblement à l'aise, Preston s'exposait aux fatigues et aux
souffrances de la mer. Le procès dans lequel il
figura au premier rang est la réponse à cette question, qui était des mieux fondées. »

Ascott n'était pas tout à fait injuste, comme l'est
trop souvent la jalousie, en peignant sous des traits
atroces le mulâtre Samuel, le rival qu'il venait de
découvrir. Car voici comme en parle le lord juge-
commissaire dans son rapport :

« Lewis Samuel est un homme de couleur. Il est

né d'une mulâtresse, esclave à la Jamaïque, **et**
d'un capitaine brésilien, ancien corsaire. Il est le
type d'une race qui n'a pas d'origine franche sur le
globe et qui ne peut y laisser de trace ; car il n'y
a pas, il ne saurait exister de peuple mulâtre. Ces
produits irréguliers ont des qualités morales **et**
physiques qui ne répondent pas exactement aux
qualités des autres individus de la vaste famille
humaine. Le tempérament des mulâtres, leur
force, leur génie ont des propriétés exagérées sans
analogie avec les facultés du reste des hommes.
Leurs passions sont redoutables, leur dévouement
et leur haine sans bornes ; et comme ils se sentent
seuls de leur espèce fugitive, éphémère et très-
injustement méprisée, ils joignent souvent à leur
puissance d'organisation le plus dangereux de tous
les vices, l'hypocrisie. Ceux de l'esclavage ne les
quittent jamais entièrement. Plus énergiques que
les nègres, leur tige naturelle, ils tombent au-
dessous des nègres dans l'explosion de leurs passions. Ils deviennent alors lions ou serpents. Ils sont
rarement et franchement hommes ; toujours che-
valeresques, cependant, quand l'amour-propre les
commande.

« Samuel, qui, à dix-huit ans, a déjà dépassé les plus grandes proportions des hommes, est d'une force encore supérieure peut-être à celle de Carter et d'Ascott. Ses nerfs et ses os sont d'acier, sous une peau fine et huileuse, semblable à celle des Indiens par le grain et par le poli. Ses mouvements déliés sont si rapides, si prompts, qu'il ne semble par s'être mû en changeant de place. Il ne marche pas, il bondit à la manière des animaux, sans bruit; on dirait qu'il a des houppes veloutées sous les orteils, comme les carnivores en ont sous les pattes, afin de mieux surprendre leur proie. Il grimpe avec la légèreté d'un singe; il nage plus vite qu'un requin; il peut rester trois minutes sous l'eau sans respirer. On l'a vu prendre une barrique de rhum dans les bras, la soulever et l'incliner sur sa bouche et boire, et cela sans que ses bras aient tremblé, sans que ses jambes aient fléchi sous lui. Aucune fatigue ne l'abat, aucun effort ne l'étonne. Il ne dort presque jamais. Il n'est que très-brun dans le calme de la vie ordinaire; mais dès qu'une passion l'allume, Samuel devient d'abord pâle comme un mort, puis rouge, puis sombre, puis presque noir. Le sauvage reparaît. Ses lèvres s'enflent, grossissent : ce sont deux couleuvres ; ses dents étincellent derrière: ce bour-relet de chair bleuâtre ; les veines de son cou se gonflent et se tendent comme des cordes; un râle de bête fauve sort de sa poitrine haletante. Dans ces mouvements d'exaltation furieuse, une adresse inimaginable se révèle à cet homme déjà si adroit. Il tue à cent pas, et à balle, tout être vivant qu'il peut apercevoir ; avec une corde qu'il déroule et jette à la manière des Charruas, il enlace le cou d'un ennemi à quatre mètres de distance, le noue, l'étrangle; et, avec le tranchant d'une hache lancée à quinze pieds, il fend soit une planche de chêne, soit une tête d'homme. »

Nous rendons la parole à maître Gandolphe, qui ne se doutait pas qu'un jour le plus jeune de ses auditeurs intercalerait dans son récit, pour le com-pléter, les pages officielles du rapport d'un magis-trat anglais.

« Toutes mes observations, reprit-il, ou plutôt continua-t-il, car il n'avait pas cessé de parler, toutes mes observations ne me donnaient pas une conviction absolue, la conviction qu'une révolte allait, dans quelques heures, éclater à bord du *Niagara*.

L'heure du dîner ou du souper, comme il vous plaira, fut annoncée par la cloche et le clairon, et l'on me dit d'aller m'asseoir à la table du maître canonnier, ce qui est une place d'honneur, comme vous savez.

On m'aida un peu à me lever, car je n'étais pas encore très-vaillant sur mes jambes, et je m'acheminai vers le grand mât.

En passant devant la cuisine, une chose me frappa : ce fut la prodigieuse capacité des chaudrons et des marmites où cuisait le souper de l'équipage. J'avais déjà trop l'habitude des usages pratiqués à bord des navires de commerce et de guerre pour ne pas apprécier au premier coup d'œil le nombre de bouches par la dimension des chaudières. D'ailleurs j'avais été aide-cambusier à bord de l'*Érigone,* je me connaissais en rations. Les chaudières que je voyais contenaient de la viande pour plus de trois cents personnes, et je n'estimais guère au delà de cent vingt hommes la totalité de l'équipage. Pour qui donc était le surplus, les autres cent quatre-vingts rations ? Ma curiosité fut piquée. Il m'eût été aisé de la satisfaire en m'informant auprès des matelots ; mais dans quelle langue, si ce

n'est en anglais? Et vous savez par quel motif de
santé je m'étais interdit la langue anglaise à bord
du *Niagara*.

Pendant le repas, qui me fut pas trop mauvais,
rien ne vint éclairer mes doutes; rien ne trahit les
projets des conspirateurs, si toutefois il y avait des
conspirateurs.

Comme la soirée était horriblement chaude et
lourde, tout le monde soupa sur le pont.

Je dus à cette circonstance de voir d'assez près
la femme du capitaine Forster, une grande et belle
dame, jeune encore, beaucoup plus jeune que son
mari. Ce fut le second, sir Grant, qui lui donna le
bras jusqu'au siége pliant sur lequel elle s'assit au
moment où le dîner fut servi sur la table.

Les traits de madame Forster me parurent remar-
quablement beaux, quoiqu'elle eût les cheveux d'un
blond de paille, — ce que je n'aime pas, — à donner
envie d'y mettre le feu. Elle avait je ne sais combien
de mousseline entortillée autour de la tête, des
épaules et des bras. Tout ce blanc la rendait encore
plus blanche et plus rose. Elle prenait avec le bout
des doigts, mangeait et buvait du bout des lèvres,
et répondait à peine aux prévenances du capitaine,

qui en avait beaucoup et de toutes sortes pour elle.

Aux propos qui circulaient autour de notre table, je vis qu'elle était exécrée de l'équipage. On lui reprochait sa hauteur, sa dureté, sa méchanceté même; on allait jusqu'à l'accusation de cruauté. On mêlait à ces propos fort peu charitables le nom du second, sir Grant, aussi détesté, aussi abhorré que madame Forster.

Je n'attachai pas trop d'importance à ces opinions, sachant combien les chefs, quels qu'ils soient, et tout leur entourage, sont en général peu aimés par les subordonnés. J'aimai mieux m'amuser des imprécations lancées contre le maître cambusier, qu'on appelait en manière de dérision lord *Christmas* (Noël en français, parce que Noël est l'époque des bons dîners). On le traitait de ladre, d'avare, de rat; il volait sur la bière, sur le rhum, même sur les œufs : car on prétendait qu'il les vidait à moitié dans leur coquille avant de les faire cuire. Maître Christmas (Noël) serait pendu à la première occasion.

Le capitaine Forster seul était respecté et chéri de ses matelots; je n'entendis rien dire contre lui pendant le repas. La cloche en marqua la fin, et la moitié de l'équipage se disposa à gagner en bon ordre ses hamacs. On m'indiqua sur la dunette une espèce de cabine où l'on enfermait les pavillons qui servent à l'usage des signaux ; elle touchait à un petit salon placé à l'arrière du *Niagara,* et terminé par un balcon doré où le capitaine, pour son agrément particulier, avait placé des plantes grasses à l'épreuve des coups de mer et des ouragans.

Il y avait à peine une heure que je me reposais dans ma cabine, lorsque j'entendis un murmure de voix sur le balcon, à une très-petite distance de la mince cloison qui m'en séparait. Quand je n'aurais pas voulu écouter, je n'en aurais pas moins tout entendu. Or, du moment où j'entendais tout, il n'y avait pas d'indiscrétion à voir quelles étaient les personnes dont la conversation, quoique tenue à demi-voix, arrivait jusqu'à mes oreilles.

Mon regard reconnut facilement à travers les fentes de la cloison le second, sir Grant, et la femme du capitaine, madame Forster. Lui était penché sur le balcon, elle, accoudée sur la balustrade, attentive au mouvement de l'intérieur du vaisseau, et dans la position d'une personne qui craint toujours d'être surprise. Elle me parut infiniment plus animée que pendant le dîner ; elle ne disait pas un mot à sir Grant sans frapper avec le dos de son éventail sur le balcon. Je vais essayer de vous rapporter le sens de leurs paroles.

« Je vous dis pour la centième fois, sir Grant, que je me suis aperçue de votre manége, et que je ne suis plus d'humeur à le souffrir.

— Mais, madame...

— Tous les soirs, à neuf heures, reprit-elle d'une voix assourdie, mais tranchante, quand cette infâme créature est sur le pont, vous y êtes aussi.

— Mon devoir m'y appelle, madame. Votre jalousie seule...

— A toute la clairvoyance d'une jalousie fondée. Votre devoir ne vous oblige pas à rôder sans cesse autour de ce rebut de l'Angleterre et du monde. Vous la trouvez jolie, n'est-ce pas, bien jolie ?...

— Moins que vous, madame.

— Pas de comparaison avec ce monstre, s'il vous plaît, monsieur ; si vous n'avez pas d'autre excuse, dispensez-vous...

— Je ne m'excuse pas ; voyons, Jenny... »

Madame Forster mordit son mouchoir.

« C'est vraiment une honte, reprit-elle, d'avoir à

souffrir d'une pareille rivalité, une honte, úne affreuse honte.

—Je vous jure que cette rivalité, madame, n'est que dans votre imagination exaltée ; elle est chimérique...

— Ah ! elle est chimérique ! dit madame Forster en allant vers le petit salon, sans doute pour s'assurer que personne ne pouvait venir les surprendre sur le balcon, et en revenant d'un pas rapide, les lèvres blanches de pâleur ; ah ! elle est chimérique ! Lisez cette lettre de Caroline Prior en réponse à la lettre que vous lui avez écrite... »

Sir Grant détourna la tête.

Elle le prit par le bras et l'obligea à regarder la lettre qu'elle lui montrait.

« Lisez donc, mais lisez donc ! Je lirai pour vous.

« Monsieur, la malheureuse fille à laquelle vous vous obstinez à écrire, quoique innocente devant Dieu, est trop avilie aux yeux des hommes pour se croire digne de répondre aux paroles d'affectueux intérêt que vous lui adressez. Elle ne mérite que votre indulgence et votre pitié. Cependant, Monsieur, si vous persistiez à lui demander les preuves d'un amour que vous mériteriez d'une femme moins

dégradée qu'elle, elle aurait encore le courage de
vous dire, dans une confidence dont vous n'abuse-
rez pas, elle en est sûre, pour la rendre plus malheureuse qu'elle n'est déjà, que son cœur, tout
méprisable que la justice des hommes l'a fait, appartient toujours à un autre.

« Votre humble et dévouée servante,

« Caroline PRIOR. »

— Nierez-vous encore, monsieur?

— Cette femme veut me perdre, balbutia sir Grant.

— Vous perdre! et pourquoi? Vous perdre! et
auprès de qui?

— Je ne sais...

— Vous n'y songez pas... votre confusion vous
prête là une raison... la raison d'un fou.

— Elle en aime un autre, murmura avec une
colère sourde sir Grant, sans s'arrêter au mépris
que lui jetait madame Forster.

— Mais je veux vous croire, reprit-elle avec une
ironie terrible : cette femme veut vous perdre.

— Ah! n'en doutez pas, madame.

— Je n'en doute pas. Eh bien, perdez-la à votre
tour. Vengez-vous!

4

— Me venger! dit avec une soudaineté échappée à la bassesse de son âme, sir Grant. Oui, oh! oui, me venger! mais comment?

— Les règlements du bord sont précis, répliqua madame Forster; ils interdisent, sous peine... sous des peines très-fortes, à toute femme de cette espèce avilie, d'entretenir la moindre relation avec les personnes de l'équipage. Caroline Prior a commis une grave infraction aux règlements en écrivant cette lettre... Cette lettre va être déposée dans les mains de l'enseigne chargé de la police du vaisseau. La justice aura ensuite son cours.

— Mais alors mes lettres seront lues? s'écria sir Grant.

— Vous avez donc écrit? »

Sir Grant s'arrêta : il venait de tomber dans l'abîme au fond duquel est la vérité; la vérité qui vous attire de force à elle quand elle ne peut aller à vous.

« Vous lui en avez donc écrit? » répéta en souriant la blonde lady Forster.

Quel sourire!

— Non... oui... deux seulement pour lui dire...

— Nous verrons cela, interrompit madame Forster, nous verrons cela ; et, sans retirer son sourire angélique, elle ajouta : Mais songez-y, capitaine, si jamais vous m'exposez encore à la honte, aux tourments d'une pareille jalousie... Vous ne m'y exposerez plus... n'est-ce pas ?

— N'augmentez pas mes regrets, madame, en doutant de la sincérité de mon repentir. Seulement, ajouta sir Grant en traînant la voix comme un coupable, faites que les trois ou quatre lettres que j'ai eu le tort d'écrire à cette femme ne soient pas mises sous les yeux du conseil si l'affaire y est portée. Mais ne feriez-vous pas mieux de ne pas l'y porter?... d'oublier ma faute, puisque je l'avoue, puisque je m'en repens, d'oublier aussi cette Caroline Prior...

— Ceci ne vous regarde pas, sir Grant, répliqua madame Forster. Laissez-moi le mérite de vous prouver que, lorsque j'aime, je suis jalouse de mes droits.

— Mais, madame... vous comprenez... vous devinez combien mon avancement peut souffrir de la publicité donnée...

— Sir Grant, dit lady Forster en passant son bras sous celui du second, ne restons pas davantage ici ;

rentrons dans le petit salon, où mon mari et les officiers ne tarderont pas à se rendre pour prendre le
thé. »

Sir Grant baisa la main de lady Forster. La lèvre
devait être froide, la main glacée.

Est-ce que cette Caroline Prior, me dis-je, serait
la même femme dont il avait été question le matin
entre Ascott et Carter, celle que le jeune Irlandais
Preston voulait disputer à l'un des deux matelots?
Il était difficile d'en douter. Je me demandais seulement où se cachait cette femme, où se cachait
aussi l'autre, celle qu'ils avaient appelée Proserpine. Elles n'étaient pas avec l'état-major; elles
n'étaient pas avec l'équipage, puisque Carter et
Ascott en parlaient comme absentes. Peut-être aussi
voulais-je trop en savoir?

En un jour on ne sait pas tout ce que renferme
un vaisseau, ce monde en abrégé qui marche vers
un autre monde; ce monde où, en moins de vingt-
quatre heures, j'avais vu ourdir une conspiration,
méditer des assassinats, se dévoiler un adultère, où
j'avais surpris les grandes passions de l'amour, de
la haine et de la jalousie, en travail d'embrasement.

Ma foi, j'étais fatigué; la nuit se faisait de plus

en plus étoilée sous ce riche ciel de la ligne; je me jetai tout habillé sur mon cadre. Si une insurrection éclate à bord, elle m'éveillera, me dis-je en m'étendant sur mon matelas.

Je sommeillais déjà, quand un concert immense, grave, harmonieux, m'éveilla, non pas tout à coup, mais doucement. Je crus m'éveiller dans le ciel, au milieu des anges, des archanges et des séraphins. Eh bien, non! je ne crus pas entendre des anges, mais les musiciens du palais de Neptune; le vent, le bruit de la mer, semblaient se mêler à ces voix mélodieuses qu'aucun instrument n'accompagnait. J'écoutai mieux, et, enfin, je m'assurai que ces charmantes voix étaient celles de jeunes femmes qui chantaient sur le pont des cantiques et des prières; elles devaient être plus de cent. Mon imagination travailla. D'où venaient ces femmes? Pourquoi étaient-elles en aussi grand nombre à bord du *Niagara?* Si c'étaient des passagères, je l'aurais su, je les aurais vues se promener sur le pont dans la journée. Mais alors que pouvaient être ces femmes?

— Décidément vous rêviez, maître Gandolphe.

— Non, pilotin, je ne rêvais pas.

— C'étaient donc des sirènes?

— Non, mousse, ce n'étaient pas des sirènes : pourtant, quand je dis non... attendez.

— Silence, enfants! dirent les matelots; laissez parler maître Gandolphe; il a assez de choses à nous dire, sans que vous veniez encore vous mettre en travers. Larguez toutes vos voiles, maître Gandolphe, et dites-nous ce que c'étaient que toutes ces femmes qui chantaient comme des rossignols.

— Vous le saurez en son temps. Ces chants-là durèrent près de deux heures, et cela ne fatigua personne : il est vrai que les paroles vous remuaient parfois le cœur de fond en comble. C'était simple et attendrissant. Il était question de la patrie, de la maison dans les bois, de pauvres petits enfants que l'on ne reverrait plus jamais que dans le ciel. Je ne suis pas Anglais, grâce au ciel, je n'aime pas les Anglais, oh! non! mais les Anglaises... c'est autre chose. Voyez-vous, elles aiment bien leurs maisons, leurs petits enfants, leur père... Vous ne comprenez pas ça, vous êtes trop jeunes; moi, qui suis vieux... eh bien, le souvenir de ces voix malheureuses qui pleuraient toutes, quoique je fusse jeune comme vous alors, ça me fendit le cœur comme un bon coup de vent fend de haut en bas une voile... Eh bien, ce

jour-là j'avais tort de m'attendrir comme un imbécile. Rien n'est vrai sous ce brigand de soleil...
Passez-moi du tabac... et de l'eau-de-vie... il m'en
faut pour vous dire ce qui me reste à dire. Les
chants s'arrêtèrent vers onze heures ; il y eut un long
silence ; puis j'entendis une voix sèche et claire
comme si elle eût été d'acier, qui dit : « Approchez,
Caroline Prior, et venez recevoir vingt coups de
corde sur les épaules.

— Vingt coups de corde, une femme !

— Oui, mes amis, vingt coups de corde. Mais
vous ne savez pas ce qu'était cette femme ?

— Non ; mais nous nous serions tous révoltés à
bord si...

— Possible ! mais l'équipage du *Niagara* ne
remua pas : je comptai les vingt coups un à un ; ils
sonnèrent sans qu'un cri fût poussé ; ils tombèrent
comme des pierres dans l'Océan, qui couvrit tout
bientôt du bruit de son silence.

— La femme était morte ?

— Non, mes enfants.

— Et puis ?...

— Et puis tout le monde à bord du *Niagara* alla
cette fois se coucher. Je n'entendis plus que les

pas de l'officier de quart qui se promenait, et le grincement rauque et monotone du gouvernail dont les gonds étaient sous moi. J'enfonçai mon bonnet sur les yeux afin de dormir.

— Mais vous aviez donc oublié, dirent presque tous les matelots à maître Gandolphe, que la conspiration devait éclater au dernier coup de minuit?

— Je n'avais rien oublié, mes enfants, rien oublié. Et puis, quand je l'aurais oublié, une indéfinissable inquiétude, effet peut-être de l'imagination, planait autour de moi. L'air était de plus en plus brûlant : nous allions avoir, bien sûr, un orage, un ouragan peut-être. Et je m'y connaissais; les planches, comme si elles en avaient eu le pressentiment, souffraient, se plaignaient, se lamentaient; il y avait partout des craquements douloureux dans les bordages; pas moyen de fermer l'œil un instant. Ensuite, le silence des hommes semblait si épais, opposé à ces frémissements nerveux du *Niagara,* qu'une terreur sèche me gagna peu à peu. J'étouffais d'esprit et de corps; je souffrais au point que je me levai pour aller coller mon visage contre les planches qui séparaient ma cabine du balcon, afin d'aspirer quelque bonne bouffée d'air. Quelle fut ma surprise! le second et madame Forster étaient encore là comme au commencement de la soirée. Cette fois ils ne se faisaient pas de reproches. La paix était faite. Pauvre capitaine Forster! cela arrive donc aussi sur la mer? L'Océan n'en met pas à l'abri. Mais passons. J'entends sonner le premier coup de minuit.

— Ah! firent tous les auditeurs de maître Gandolphe et moi-même.

— J'entends retentir le second coup.

— Allez donc, maître Gandolphe, ne nous faites pas languir.

— J'entends le troisième coup, le quatrième, le cinquième, le sixième... Le remords se jette sur moi, me saisit au cœur. — Non, oh! non! m'écriai-je de tout l'élan de ma conscience; non! je ne laisserai pas périr ce soir ce brave et loyal marin qui m'a sauvé ce matin : je sauverai le capitaine Forster. Le dernier coup sonne, j'ouvre comme un fou ma cabine, je m'élance vers la chambre du capitaine en criant, en bon anglais, oui : « Au secours! au secours! alerte! capitaine Forster, alerte! »

Un crampon de fer m'empoigne par le milieu de la poitrine et me soulève à sept pieds de terre. Je

reste suspendu, c'était le bras de Samuel, le mulâtre.

La révolte éclatait.

Au même instant, cent matelots, le couteau aux
dents, deux pistolets à la ceinture, sortent confu-
sément de dessous les écoutilles défoncées, portant
chacun une femme dans les bras ou sur les épaules ;
d'autres avaient désarmé les sentinelles et s'étaient
emparés des officiers. Ils se répandent, ils courent
sur le pont du *Niagara,* éclairés tout à coup par
des torches de résine, dont la flamme rougeâtre et
vigoureuse et l'épaisse fumée inondent le vaisseau
de lumière mugissante et d'ombre tremblée.

L'air, étonné de cette agitation, devient du vent
sur la surface de l'Océan, qui n'en exhale pas un
souffle.

Debout, son front de bœuf découvert, les bras
nus, ayant une femme colossablement belle appuyée
sur la poitrine, tenant un mousquet à la crosse de
cuivre dans la main droite, Ascott, le superbe Ascott
laissait tomber du haut de la dunette, trône de la
royauté navale, ces paroles sacramentelles, ces
paroles, première et hautaine manifestation de la
révolte triomphante : « Femmes condamnées par

l'Angleterre, exilées par l'Angleterre pour aller ramper et aller mourir dans les déserts de la Nouvelle-Hollande, à Botany-Bay, à Hobart-Town, à Norfolk et à Sidney ! femmes que l'Angleterre adultère, que l'Angleterre impie, que l'Angleterre voleuse, que l'Angleterre corrompue, que l'Angleterre incendiaire, que l'Angleterre infanticide, parricide, homicide et empoisonneuse, punit comme empoisonneuses, homicides, parricides, infanticides, incendiaires, corrompues, qu'il punit comme voleuses, impies, adultères, vous êtes libres ; soyez libres, et libres par nous, matelots révoltés du *Niagara*. Ce magnifique vaisseau de Sa Majesté Britannique est à vous, tout ce qu'il renferme vous appartient ; hommes et choses, prenez ! »

Un long rugissement de joie, d'indépendance, de folie, de terreur, de débauche, de sauvage volupté, de soif, de frénésie, d'amour, monta en spirales vers le ciel, ouvrit ses ailes immenses, comme s'il eût pris un corps, et salit la clarté limpide des chastes étoiles effrayées.

L'enfer, par trois cents bouches, criait : Hourra ! hourra ! hourra ! L'immensité de Dieu répondit en pleurant : Hourra ! hourra ! hourra !

III

« Avant de reprendre votre histoire, voudriez-vous nous dire, s'il vous plaît, maître Gandolphe, si le mulâtre vous tua? demanda naïvement le pilotin.

— Je ne crois pas, mon ami, car s'il eût commis cette impolitesse, je ne serais pas aujourd'hui à bord de la *Coquette d'Ajaccio,* et tu ne serais pas là non plus à m'écouter de toutes tes oreilles. »

Pour récompenser le pilotin d'avoir fait cette heureuse question, un matelot lui enleva son bonnet et le jeta dix pas plus loin, hors du cercle si profondément attentif aux paroles de maître Gandolphe, qui reprit ainsi :

« Le mulâtre Samuel et Carter m'attachèrent avec des cordes au pied du grand mât, sans me laisser prévoir le sort qui m'était réservé. Du reste, qui pensait à moi dans un pareil moment?

L'aspect général du vaisseau, si calme et si beau quelques minutes auparavant, n'était plus le même;

il est impossible de se figurer un plus rapide et plus complet changement. Depuis la proue jusqu'à la galerie de la dunette, d'une largeur à l'autre, sur toute l'étendue du pont, on ne voyait qu'une mêlée, qu'une confusion ondulante, mouvante et bruyante, d'hommes et de femmes aussi étonnés les uns que les autres; c'étaient des bras nus qui s'agitaient, des mains goudronnées, des joues roses se détachant sur des figures barbues, de longs cheveux noirs épars, de longs cheveux blonds, dorés, cendrés, des épaules découvertes, des dents blanches, des lèvres noires de tabac; ici des voix douces, là des cris rauques et sauvages; c'était une cuve en fermentation, un bal, une kermesse, un incendie. Surprises dans le premier sommeil, brusquement arrachées à leur hamac, les femmes n'avaient eu que le temps de passer à la hâte le peignoir de toile grise que l'État fournit aux *convicts* pour l'usage du bord pendant la traversée de l'Angleterre à la Nouvelle-Hollande.

Mais toutes n'avaient pas eu le temps de nouer leur ceinture : en sorte que le vêtement pénitentiaire remplissait fort mal l'office d'un vêtement. Et même beaucoup parmi ces jeunes et belles infortunées, car la plupart étaient jeunes et belles, étaient montées sans pantoufles ; en sorte qu'elles étaient nu-pieds comme elles étaient nu-bras, nu-tête sur le pont du vaisseau.

Excepté le petit nombre de celles qui se trouvaient dans le secret de la conspiration, toutes les autres paraissaient frappées de stupeur : stupidité amusante et charmante pour ceux qui la leur causaient. Leurs beaux yeux déjà si hardis par le vice, et par le vice poussé chez quelques-unes jusqu'à la démence, leurs beaux yeux s'agrandissaient sous cet effroi dans des proportions délirantes, et mêlaient une singularité de plus à cette grande bizarrerie de révolte sans exemple dans les annales de la mer.

Le premier acte des révoltés après la prise de possession presque sans résistance, — quelle résistance sérieuse attendre de vingt soldats et cinq ou six officiers surpris, attaqués brusquement par plus de cent homme hardis et déterminés ? — mérite, continua maître Gandolphe, de trouver place ici. Le matelot Carter s'empara du chapeau monté d'un officier, moins pour offenser celui-ci que pour revêtir un titre d'autorité, pensée bizarre et fantasque quand toute autorité venait d'être abolie,

s'approcha avec une espèce de déférence du capitaine Forster, debout en ce moment sur la dunette
entre sa femme, sir Grant et l'impassible lieutenant
Thompson, occupé à prendre des notes au crayon.

« Capitaine, lui dit Carter, le chapeau à la main,
en abaissant sa hache d'abordage, au milieu du
demi-silence qu'il était parvenu avec beaucoup de
peine à obtenir des révoltés de plus en plus impatients de faire disparaître toute trace matérielle d'autorité, de pouvoir, de hiérarchie et de commandement quelconque; capitaine, nous venons de faire un
acte dont nous n'avons pas à nous justifier; mais...

— Vous êtes des rebelles, et je.ne vous connais
pas, dit le capitaine Forster avec une sérénité froide
et en posant la main sur le pommeau d'or de son épée.

— Un acte infâme! interrompit comme un coup
de foudre lady Forster en frappant sèchement du
pied, en s'agitant, en promenant ses regards autour
d'elle pour y chercher un assentiment, des appuis,
des défenseurs, et en les reportant avec dédain sur
cette écume de têtes qui ondulaient et fourmillaient
compactes et bouillantes au pied de la dunette. Un
acte de coquins, ajouta-t-elle, de scélérats, de brigands!... »

Sir Grant, le second, n'osait pas lever les yeux ;
il tenait fortement son mouchoir sur la bouche,
comme un homme qui veut lutter avec la défail-
lance qui le gagne et qui veut la cacher. Le
lieutenant Thompson, comme un greffier qui
couche chaque parole sur un procès-verbal, répéta en écrivant : « Coquins... scélérats... brigands. »

— Cet acte, quel qu'il soit, reprit Carter en écartant avec le manche de sa hache la tourbe envahis-
sante des révoltés qui voulaient prendre d'assaut la
dunette, cet acte, madame, est accompli.

— Non, il n'est pas encore accompli, dit avec la
même véhémence furibonde, avec les mêmes piéti-
nements fébriles, avec les mêmes convulsions de
gestes frénétiques, madame Forster.

— Pardon, madame, répliqua froidement Carter,
pardon, il n'y a plus à y revenir.

— Pardon, monsieur, il y a à y revenir. »

Ce *Pardon, monsieur !* flagella Carter au visage
comme un coup de lanière : il n'y a que les femmes
pour faire ainsi d'un mot un sanglant soufflet.

« Capitaine, reprit Carter, persuadez donc
madame...

— Vous êtes des rebelles, et je ne vous connais pas, répondit à Carter, pour la seconde fois, le brave et digne capitaine du *Niagara*.

— Mais faites jeter cette canaille à l'eau », dit madame Forster en s'adressant tout à la fois à sir Grant, de plus en plus blême et effaré, au lieutenant Thompson, qui avait bien autre chose à faire, et en regardant enfin son mari, qui comprenait trop bien l'imprudence d'un pareil conseil pour s'y arrêter un seul instant.

Carter souriait avec tranquillité.

Les révoltés perdaient patience; ils couvraient déjà les marches de la dunette, trop étroite pour les pieds qui la foulaient.

« Jetez donc, vous dis-je, cria plus désespérément encore madame Forster, jetez à la mer toutes ces prostituées et tous ces bandits! »

Les révoltés grognèrent comme des bêtes fauves, et les femmes qui se mêlaient à leurs groupes poussèrent des ricanements de mépris dont la fière lady Forster rougit jusqu'au sommet du front. Une d'elles ayant approché une torche de résine du bas de sa robe de mousseline avec l'intention d'y mettre le feu, elle abaissa la torche avec son pied, sous lequel elle la comprima fumeuse et ardente, et cracha au visage de la déportée.

Tant d'audace tint un instant suspendue entre l'étonnement et le mépris la foule enragée.

« Mais jetez-les donc à l'eau ! » répéta encore lady Forster au comble de l'indignation et de la rage.

Sir Grant se dérobait de plus en plus sous ses jambes effrayées.

« Et qui, s'il vous plaît, nous jettera à l'eau ? demanda Carter, qui entendait bruire la marée des révoltés derrière lui, prête à le renverser, prête à se faire justice, prête à tout.

— C'est elle qu'il faut jeter à la mer, hurlèrent-ils avec une unanimité formidable. Oui, il faut la jeter à la mer ! lançons-la à la mer ! à la mer ! celle qui a ordonné ce soir qu'on appliquât vingt coups de corde sur les épaules de la pauvre Caroline Prior ! A la mer ! à la mer ! à la mer !

— La voilà, criaient d'autres rebelles, la voilà, la pauvre Caroline Prior, la victime de cette gueuse de lady ! »

Mais les cris : A la mer ! à la mer ! couvraient tous les cris.

« Qui vous jettera à l'eau ? reprit ironiquement madame Forster, comme si elle n'eût pas entendu ces menaces de mort, qui ? demandez-vous ? Nos soldats ! Mais que font donc nos soldats ? où sont-ils, nos soldats ? que font nos officiers ? où sont les fusils ? où sont les épées ?

— Nous avons brisé, madame, les soldats, les officiers, les fusils et les épées, répondit Carter sans perdre une ligne de son sang-froid, quoiqu'il sentît la crise terrible qui approchait. Nous les avons brisés.

— Vous serez brisés aussi au premier port où nous aborderons. Pendus ! ramassis de prisons ; pendues ! prostituées de New-Gate ! »

Les rugissements de l'équipage révolté devinrent sombres, immenses, agressifs, incessants, terribles. Les matelots, les convicts, les torches, les épées rouillées, les haches luisantes, les tromblons, les poignards, les sabres, les barres de cabestan, les mousquets couvraient, hérissaient la dunette, et le groupe formé par le capitaine Forster, sa femme, sir Grant, le lieutenant Thompson et quelques jeunes officiers fut enfermé dans ce cercle de fer, de cris, de flamme, de fumée, de regards sanglants, de menaces de mort.

« Vous parlez de nous faire pendre au premier port où nous aborderons, madame! Y a-t-il encore un port pour vous?

— Non, il n'y en a plus! s'écrièrent les révoltés du *Niagara*. Non! non! non!

— Je vous dis que vous serez tous pendus », répéta madame Forster, qui pouvait à peine se mouvoir, pressée comme elle l'était, qui pouvait à peine parler au milieu de ces paroles d'insultes qui la lapidaient, au milieu de cette fumée des torches qui l'aveuglait, qui noircissait son visage et remplissait sa bouche. Fatiguée à la fin, indignée de descendre à parlementer plus longtemps avec le chef de l'insurrection, lady Forster se jeta brusquement sur son mari, saisit son épée, et la brandissant, elle dit :

« S'il y a encore sur ce vaisseau quelque cœur généreux qui n'ait pas oublié qu'il doit sa vie à l'Angleterre, qu'il m'obéisse : Feu sur cette canaille! »

Le silence se fit sur toute l'étendue du vaisseau.

Le capitaine Forster murmura tout bas :

« Milady!... qu'avez-vous fait? »

Grant fléchit comme un homme à qui l'on a

coupé les tendons; sans le bras de Thompson, sur lequel il s'appuya, il tombait. Un dernier reste de respect pour les épaulettes qu'il portait le fit se redresser aussitôt; sa lâcheté n'eut que Dieu pour témoin.

Quant à Thompson, il se hâta de consigner sur son rapport le cri de lady Forster.

« Personne ne fera donc feu sur ces misérables ? » répéta-t-elle.

L'équipage était dans la stupeur, ne pouvant croire qu'une femme eût donné un pareil ordre, ne pouvant admettre que quelqu'un osât l'exécuter. L'immensité de la surprise répondait à l'immensité de l'audace.

Voyant l'inutilité de son héroïque appel, lady Forster, les yeux en fureur, les lèvres palpitantes, dit à sir Grant en le saisissant par le bras :

« Prouvez donc, monsieur, mais prouvez donc qu'il n'y a que vous à bord du *Niagara* qui ne soyez pas resté au-dessous d'une femme ! »

Et poussant sir Grant jusqu'à l'affût mobile d'un pierrier qui était sur la dunette, elle le força, par la pression de son regard électrique, par un mouvement infernal, à presser la détente de la batterie.

Le coup partit : la mitraille vola sur les conjurés. La fourmilière ne jeta qu'un seul cri! il dut aller jusqu'au fond de la mer. Puis, après un long silence d'agonie, on entendit :

« A mort! à mort! à mort! tous! tous! »

Mille bras se levérent à la fois pour saisir par les cheveux, par la poitrine, par le visage, le groupe d'où venait de partir cet ordre d'assassinat à bout portant.

Ce lugubre cri recommeuça :

« A mort! à mort! à mort! »

L'effet allait répondre à la menace.

« A mort personne, cria Carter, si personne n'est mort! »

Tiré de trop haut, le coup n'avait, heureusement et par miracle, tué ni blessé personne.

Par un dernier et sublime effort de son énergie musculaire, Carter avait préservé non pas tout à fait la personne, mais la vie du capitaine, celle de sa femme, de Grant et de Thompson; mais la robe de milady, les habits des officiers avaient été singulièrement égratignés par la griffe du tigre; des rubans, des morceaux de drap, de dorure, des effilés d'épaulettes volaient dans l'air.

« Un exemple! cria Ascott, Ascott qui pouvait disputer le pouvoir à Carter et la cruauté à tout le monde, Ascott sur lequel s'appuyait toujours la belle et resplendissante Proserpine.

— Un exemple! répéta le mulâtre Samuel, qui s'avança en tenant une corde au bout de laquelle était un nœud coulant.

— Oui, il nous faut un exemple », dit aussi l'Irlandais Preston, lui qui avait reçu vingt coups de corde à la place de Caroline Prior, et l'on va savoir comment avait eu lieu cette généreuse substitution.

Et tous : « Oui! un exemple! un exemple! » Voix de femmes, voix de jeunes filles, voix encore fraîches de jeunes condamnées, voix usées, cyniques, éraillées de messalines anglaises, voix de mégères, voix qui sentent le gin, qui ont l'accent du vol, de l'assassinat, toutes ces voix, harmonie de l'enfer, criaient : « Un exemple! un exemple! un exemple! »

Cette intention unanime sortit de la masse révoltée en fusion : « Sir Grant à la grande vergue! pendu! pendu! qu'il soit l'exemple! »

La minute était fatale pour sir Grant. Son visage

devint livide, le tour de ses yeux se cerna d'un cercle bleu, ses dents claquèrent, son nez s'amincit comme à la dernière période de l'agonie.

Carter dit tout bas au capitaine Forster : « Intercédez pour lui, et peut-être que sa grâce...

— Vous êtes un rebelle, et je ne vous connais pas ! répondit le capitaine Forster.

— Oh ! oui, capitaine, dit en claquant des dents, en joignant les mains, avec des regards suppliants, le malheureux sir Grant, demandez ma grâce, capitaine, demandez ma grâce : c'est votre femme qui m'a perdu, c'est elle qui m'a forcé à toucher à la détente de ce pierrier...

— Le lâche ! murmurait lady Forster, le lâche ! et je l'ai aimé ! »

Le mulâtre lança la corde autour du cou de sir Grant.

La terreur du second fut inexprimable ; il était pâle, il devint vert ; avec une de ses mains, il s'accrocha aux pans de l'habit du capitaine Forster, et il s'y cramponna comme le naufragé au premier objet flottant qu'il rencontre ; avec l'autre main, il essayait désespérément de se défaire du tour de corde passé entre sa tête et ses épaules, ce qui était impossible, attendu l'adresse du mulâtre, habitué depuis son enfance à ces sortes d'exécutions sur les chevaux libres et sur les bœufs. Sir Grant accompagnait ce geste de paroles, de supplications, d'exclamations d'effroi, de prières sans suite : « Capitaine!... Madame!... Sir Thompson!... Sauvez-moi!... Voyez! ils vont me tuer!... dites à ces gens de ne pas me tuer... Je n'ai rien fait... J'ai été quelquefois sévère pour eux, c'est vrai, mais c'était mon devoir... Les coups de corde, je ne les ai pas ordonnés... le coup de pierrier, ce n'est pas moi non plus... on m'a forcé... oui, forcé... Oh! c'est affreux! c'est horrible! Vous me faites du mal... ne serrez pas si fort! Grâce! grâce! grâce! grâce! c'est odieux! c'est épouvantable!... Ne me tuez pas... on n'a pas le droit de me tuer... »

L'équipage riait comme au spectacle.

Le mulâtre serrait toujours un peu plus la corde, sans pourtant arriver à la strangulation complète. C'eût été trop tôt fini.

« Non! reprenait sir Grant, les lèvres blanches et toutes savonneuses d'écume... non! on n'a pas le droit de me tuer... Je suis officier des vaisseaux du roi... entendez-vous?... officier des vaisseaux du

roi... C'est comme si l'on tuait le roi... Si je suis
criminel, jugez-moi... mais me tuer sans jugement !... Vous n'avez pas le droit de me juger, d'ailleurs... l'amirauté seule... puis... en outre... d'ailleurs... Oh ! ils me coupent la peau ! cela m'entre
dans les chairs... Mais, capitaine Forster ! mon bon
capitaine Forster ! vous, milady ! vous tous, vous
toutes, vous autres femmes... ne me laissez pas
ainsi assassiner ! Vous êtes bonnes... n'est-ce pas,
vous êtes bonnes ?... faites-moi retirer cette corde...
Cet homme est un misérable... je vous ferai du bien
à tous... J'ai de l'argent en Angleterre, beaucoup
d'argent... vous l'aurez, prenez tout... mais ne me
faites pas mourir... je ne veux pas mourir !...
j'étouffe !... j'étouffe !... »

L'équipage du *Niagara* était fou de gaieté ; il
battait des mains. Samuel le mulâtre ordonna, car
tout le monde ordonnait déjà, qu'on abaissât un des
bouts de la vergue d'artimon, la vergue sèche, qui
est, comme on sait, la plus rapprochée de la dunette.
Sir Grant ne comprit que trop le sens définitif de
cette effrayante manœuvre.

L'équipage aussi le comprit : on le vit à ses élans
de joie, à ses aspirations, à son ivresse tumultueuse,

à son délire de bonheur. Cela voulait dire : On va étrangler un homme, un chef, un officier; il sera en l'air comme une poulie. Le moyen de ne pas se réjouir! Mais sir Grant? sir Grant était à la torture. Des extrémités de son corps, le sang refoula vers le cœur, vers le cerveau, et il devint alors rouge, rouge comme l'écarlate. Cette congestion alluma instantanément dans sa tête un tel incendie de rage et d'épouvante qu'il en fut presque fou.

« Milady! cria-t-il, les yeux hors la tête, milady, c'est infâme! c'est criminel! vous ne dites rien, vous me laissez ainsi mourir! vous ne coupez pas la corde qui m'étrangle! et vous m'avez aimé... oui, vous m'avez aimé! j'ai été votre amant... On ne laisse pas mourir ainsi l'homme que l'on a aimé!... Vous ne joignez pas vos prières aux miennes pour me sauver! Oh! les femmes! Mais offrez vos prières, vos diamants... quelque chose pour me racheter de la mort... Milady, sauvez-moi! mais sauvez-moi!... »

Le capitaine Forster baissa la tête de honte. Madame Forster regarda avec une pitié amère le poltron qui commettait une infamie pour couronner une lâcheté.

L'équipage cessa de rire pour huer.

Thompson écrivit sommairement sur son procès-verbal : « Sir Grant... capitaine Forster... madame Forster... adultère... trois heures après minuit... »

La manœuvre commandée par le mulâtre avait été exécutée.

Le bout de la vergue d'artimon descendit lentement jusqu'à la hauteur des bras de Samuel, qui passa le bout de la corde dans une des poulies des balancines; il ordonna ensuite qu'on relevât la vergue, ce qui fut fait. Il n'y avait plus qu'à peser sur la corde pour que sir Grant flottât dans l'espace et dans l'éternité.

Dès qu'il eut vu faire cette manœuvre, son sang, qui avait débordé, lui sortit par la bouche, par le nez, par les oreilles, et des gouttes perlaient à l'angle livide de ses paupières. Il ne parla plus, il cria, il gémit, il râla, il leva les bras, qu'il n'avait pas la force de tenir longtemps en l'air, et il croisa ses jambes comme pour s'accrocher au vaisseau, qu'il sentait devoir bientôt lui manquer sous les pieds.

Le bouquet de la première partie de la fête se préparait pour les révoltés.

« Nous voulons voir ! disaient les uns avec avidité.

— Laissez-nous donc voir! disaient les autres.

— Mais nous voulons tous voir!

— Mais nous avons bien le droit de voir! »

On n'entendait que :

« Voir! voir! voir! »

Le cri changea; ce fut :

« Ne le pendez pas encore!

— Si, pendez-le! pendez-le!

— Parbleu! vous y voyez, vous autres; à bas les égoïstes!

— A bas les égoïstes!

— Mais nous n'y voyons pas plus que vous! »

Depuis quelques minutes, on voit que le rôle officieux d'intermédiaire joué par Carter n'existait plus; il n'était plus possible; Carter était débordé, ou plutôt Carter suivait le torrent. Il ne pouvait plus rien sur la tourbe déchaînée, ivre de toutes les mauvaises passions de la vengeance. Pourtant le même respect pour son digne capitaine l'animant encore, il dit à M. Forster :

« Capitaine, au nom du ciel! épargnez-vous le triste spectacle qui se prépare.

— Vous êtes un rebelle, et je ne vous connais pas, répliqua, comme toujours, le loyal capitaine Forster.

— Vous et les vôtres, croyez-moi, capitaine, allez dans vos chambres : je vous y protégerai d'ici tant que je le pourrai... Mais allez, capitaine... il n'est peut-être déjà plus temps.

— Nous sommes donc tous prisonniers! dit madame Forster en déchirant avec ses dents les gants blancs qu'elle n'avait pas quittés; des gants de soirée!

— Vous n'êtes pas en prison, madame, mais sur l'échafaud, répondit Carter en regardant madame Forster, qui ne pâlit pas. Suivez mon conseil, retirez-vous!

— Je vous en prie, madame », dit le capitaine à sa femme.

Madame Forster ne remua pas.

« Milady, obéissez-moi, lui dit une seconde fois son mari; retirez-vous! vous ne pouvez pas être témoin...

— Non, monsieur, répondit-elle, je n'obéirai pas. Je resterai ici.

— Alors je ne réponds plus de rien, dit Carter, qui, dès ce moment, abandonna ses protégés à leur sort.

— Commencez! hurla l'équipage, que cet

aparté à demi-voix impatientait. Commencez donc!

— Qu'attendez-vous?

— En effet!

— Mort à sir Grant!

— Mort à sir Grant!

— La corde! la corde!

— Trois hommes et trois femmes de bonne volonté, s'écria Samuel le mulâtre : les deux sexes : ce sera plus joli! »

— Il ne demandait que trois hommes, six se présentèrent; il ne demandait que trois femmes, douze accoururent et saisirent la corde de place en place.

« Y êtes-vous? » demanda le mulâtre en soutenant le corps du malheureux Grant ramassé sur le pont comme un tas de linge.

Le capitaine Forster mit la main sur ses yeux; madame Forster ne s'éloigna même pas. Thompson écrivait en ce moment sur son procès-verbal : « Pendaison du second, — trois heures et demie, — route S. S. O., — bon petit vent frais, — équipage en parfaite santé. »

Grant n'était plus qu'un cadavre et un long hurlement plaintif.

« Tirez! cria le mulâtre; tirez! »

La corde fut tendue par dix-huit bourreaux.

Son corps se balança dans les airs.

Deux cents torches s'élevèrent pour éclairer l'espace.

On entendit un craquement : la colonne vertébrale du second se brisait.

Des acclamations remplirent l'air.

« Silence ! » cria le mulâtre.

Il voulait parler, on l'écouta.

« Je vous préviens, afin d'éviter toute contestation, dit-il, que, d'après les lois anglaises, moi, le bourreau de sir Grant, j'ai droit à sa cravate et à ses bottes.

— C'est juste ! c'est juste ! c'est juste ! » repondit en masse la foule loyale, toujours si désintéressée et si magnanime dans les révolutions.

« Il était bien mort ? demanda le naïf pilotin à maître Gandolphe.

— Qui ?

— Le second du *Niagara ?*

— Ah çà ! tantôt, pilotin, tu voulais que je fusse mort, et, quoique mort, que je te racontasse l'histoire dont j'ai l'honneur de t'entretenir ; et, en ce moment, tu doutes qu'un homme étranglé par dix-huit bourreaux à un bout de vergue ne soit pas mort?

— Ne lui répondez donc plus, maître Gandolphe, réclamèrent les matelots, et dites-nous bien vite à quel jeu se livrèrent les camarades, le reste de la nuit, après avoir tant soit peu gêné le second dans sa respiration.

— Vous avez un peu oublié, dit maître Gandolphe avec quelque humeur, et ceci prouve que vous prenez plus d'intérêt à mon récit qu'à ma personne, vous avez un peu oublié que j'étais toujours lié au grand mât, entre la vie et la mort, voyant tout, ne pouvant rien, me demandant dans ma position si je n'étais pas destiné à faire contre-poids au second à l'autre bout de la vergue d'artimon. »

Les matelots parurent confus de l'observation de maître Gandolphe, qui ne tint pas longtemps rancune à ses auditeurs.

« Jusqu'ici, reprit-il, les hommes avaient joué la principale partie, puisque vous appelez cela un jeu : les femmes allaient avoir leur tour.

L'Irlandais Preston, ayant pris par la main *la con-vict* Caroline Prior, traversa l'honorable société qui couvrait le pont, et monta fièrement sur la dunette où madame Forster, ainsi que vous l'avez vu, avait voulu rester malgré son mari, malgré Carter et malgré le *mélancolique* spectacle, — c'est ainsi que les Anglais appellent une pendaison.

Caroline Prior était une pauvre créature jolie, pâle et triste, ayant de grands yeux bleus et doux comme le ciel, des traits délicats et transparents, une petite bouche dont les lèvres ressemblaient à deux feuilles de rose de Bengale pliées. Ses dents souriaient toujours quand le haut du visage restait soucieux : et l'on ne pouvait guère dire pourquoi ce sourire, car la charmante Caroline Prior ne connaissait pas la joie dans ce monde. A seize ans, et elle n'avait que seize ans et demi tout au plus, elle avait été condamnée à passer le reste de sa vie dans la colonie pénale de l'Australie, et à tourner jour et nuit, à trois mille lieues de son village, la roue de fer d'un moulin. Chère enfant! elle si faible, si mince, si maladive! Un instant! s'interrompit tout pensif le brave Gandolphe essuyant une grosse larme avec l'épaisse manche de son caban. Je n'ai jamais été père ; mais si le bon Dieu avait voulu que je l'eusse été, c'est ainsi que j'aurais désiré avoir une fille. Comme c'est bon! bon Dieu!

de serrer une pareille mignonne créature dans ses
bras, de la presser comme une bonne action contre
son cœur, sur ses lèvres! d'agiter ses cheveux avec
la brise de son souffle, et de couvrir une de ses
joues tout entière avec un seul baiser qui claque
jusqu'au fond de l'âme, et puis, quand on l'a em-
brassée et réembrassée jusqu'à en pleurer, de lui
dire en la regardant en face : Je ne t'ai pas fait de
mal, mon enfant? Ah! sacredieu! il n'y a pas de
verre d'eau-de-vie qui vaille cela!

— Voyons, maître Gandolphe, la sensibilité, ça
enrhume.

— C'est fini; je ne pleure plus. Fermez le robinet.

— A la bonne heure!

— En présentant Caroline Prior à madame Forster, Preston lui dit : — Madame... Ah! mais moi,
je ne veux pas oublier de vous dire, s'interrompit
brusquement Gandolphe, que lorsque Carter vit
Caroline et Preston venir ensemble, se tenant par
la main, il eut un mouvement nerveux qui lui fit
lever la hache comme pour les séparer d'un seul
coup; comme on coupe une corde qui ne veut pas
se dénouer. Ses yeux se fermèrent, se rouvrirent,
ses narines se gonflèrent; les muscles de son visage

allaient et venaient. Carter se contint pourtant. Ascott le regardait, Ascott qui jouait le même jeu avec le mulâtre Samuel, cette différence gardée que c'était Ascott jusqu'ici qui avait jeté le grappin sur Proserpine. Mais patience.

Ah! que de tempêtes dans ces nuages noirs qui s'avancent!

Revenons à Preston : il dit à madame Forster : « Madame, vous avez voulu faire donner, je ne sais trop pourquoi, mais je le devine depuis que j'ai entendu la confession de votre amant, vingt coups de corde à cette pauvre enfant. J'étais chargé de les lui donner ; et comme j'ai refusé, c'est moi en punition qui les ai reçus, c'est l'usage. J'ai donc reçu les coups de corde pour elle, c'est très-bien. Je vous en remercie. J'attendais le jour de la vengeance ; il est venu plus tôt que je ne l'espérais. Pour toute vengeance, vous allez faire des excuses à Caroline Prior.

— Lady Forster faire des excuses à cette honte, à cette impureté, à cette turpitude, à une convict ! Vous êtes encore plus plaisant qu'impertinent, répondit madame Forster, dont un sourire blanc frangea les lèvres frémissantes.

— Vous allez faire des excuses à Caroline Prior, madame, répéta Preston en poussant Caroline Prior devant lui.

— Oui, oui, des excuses, des excuses ! »

Ce cri parcourut le vaisseau d'un bout à l'autre, et vint frapper comme un coup de vent le visage de madame Forster.

« Jamais! dit avec une telle fermeté de voix et d'intention lady Forster, qu'il n'y avait pas à mettre en doute sa résolution.

— Tu les feras à genoux », lui dit Proserpine en accourant et en pesant de ses deux mains puissantes sur les épaules de madame Forster. Madame Forster fut forcée de fléchir ; mais, en tombant, elle tourna la tête pour voir qui avait l'audace de cet attentat. Elle exhala un cri d'indignation qui dut la déchirer, en voyant le visage de Proserpine au-dessus de son visage. « C'est une femme », murmura-t-elle amèrement. Ces deux visages, beaux tous les deux, mais celui de Proserpine splendide et complet comme celui d'une déesse, comme celui de Junon, écrasa par sa lumineuse et radieuse ampleur celui de lady Forster, qui n'était que fin et distingué.

« Ce n'est qu'une femme ! » redit-elle, mais cette fois

avec douleur, et comme si la défaite se changeait en ignominie.

« Oui, c'est une femme! lui dit Proserpine, moins qu'une femme, une déportée, une déportée comme Caroline Prior, comme cent vingt-neuf autres qui sont ici; une déportée qui a un numéro au lieu d'un nom sur son linge, dont le linge est plus dur que du fer battu, tandis que le tien, coquine d'honnête femme, est plus doux que de la soie; une déportée, dont la robe est de grosse toile grise, regarde, oui, grise et mal teinte, tandis que la robe est du plus beau cachemire : c'est donc ta robe qui fait l'honneur et la vertu? mais oui, c'est la robe!... Tu es honnête, tu es vertueuse, toi, n'est-ce pas? Approchez, convicts, approchez, voilà comment est faite la vertu dans ce monde; elle a des cheveux blonds, des manchettes brodées, des souliers de satin, — et Proserpine ajouta avec un rire infernal : et beaucoup d'amants! mais madame ne va pas pour cela à Botany-Bay! Si fait, elle y va, mais c'est pour nous y conduire.

— Assez, lui dit tout bas Caroline Prior, d'un ton de prière qui demandait la pitié.

— Pourquoi assez? lui dit Proserpine; a-t-elle dit:

Assez! elle, quand on donnait vingt coups de corde sur le dos sanglant du brave Preston? Viens ici, Preston, que je t'embrasse! s'écria Proserpine. Tu as du cœur, mon jeune drôle. — Et elle embrassa Preston à la manière anglaise, c'est-à-dire en pleine bouche. — Voilà un homme, ajouta-t-elle; non pas ton amant, — un coquin qui avait moins de cœur qu'un lièvre. — Prenez les bons, mesdames, puisque vous en prenez; et, grâce au ciel! vous ne vous en faites pas faute, pas plus sur terre que sur mer : mais choisissez-les bien; choisissez-les donc comme nous : braves, fiers, solides, à tous crins, jeunes, s'il se peut, mais courageux et dévoués avant tout; qu'ils n'aient pas plus peur de la mort que d'un verre de vin, qui se jetteraient à l'eau avec deux boulets aux pieds pour nous, dans le feu, avec de l'étoupe dans les poches, qui voleraient pour nous être agréables, qui pilleraient, qui tueraient le premier venu pour nous faire avoir un bon souper, qui iraient en chantant à la potence pour nous. Ah! nous aussi, nous les aimons, nous autres, nos chers amants, et ce qu'ils font pour nous, nous le ferions crânement pour eux, et nous le faisons : oui, madame, oui! nous volons en plein jour pour eux,

pour leur avoir un pantalon de velours : voilà
comme nous aimons! Nous assassinions en pleine
Cité pour rapporter une épingle, une montre, une
fantaisie à ces chères fantaisies de notre âme. »

Proserpine se montait, se montait sans cesse.
« Oui, reprit-elle avec une sorte d'ivresse, nous
assassinons pour eux : moi qui vous parle, j'ai tué
un vieux pour faire une surprise à Ascott, pour
avoir l'occasion de lui faire un joli cadeau : il a eu
son cadeau. J'ai versé du plomb fondu dans l'oreille
d'un étranger qui dormait près de moi. Ensuite, je
lui ai pris sa montre, une belle savonnette d'or, et
je l'ai donnée à mon cher Ascott. »

Ascott recula d'horreur. Il ignorait l'origine
atroce du cadeau qu'il avait reçu de la main de
Proserpine.

« Maintenant, reprit Proserpine en riant avec
toutes ses magnifiques dents de lionne, maintenant,
que nous sommes libres, je puis te le dire, Ascott,
et te le dis de tout cœur, Ascott, mon chérubin,
mon amour, j'ai tué un homme pour toi, c'est pour
toi que je vais à Botany-Bay. Viens m'embrasser,
mon petit ange, viens; ne me remercie pas. »

La sombre jalousie du mulâtre, qui ne perdait

pas un mot de cette étrange allocution de Proserpine, se lisait sur sa figure expressive, qui se cui-
vra d'envie. Ce n'est pas pour lui, se disait-il dans
la rage de son cœur ulcéré, que Proserpine avait
versé du plomb fondu dans l'oreille d'un étranger.
Ascott! heureux Ascott! Mais Ascott lui payerait
cela!

Madame Forster était toujours à genoux.

« Il ne s'agit pas de tout cela, reprit Proserpine
changeant de propos; il s'agit d'excuses que madame
doit faire, et tout de suite, et bien haut, à Caroline
Prior. Veux-tu les faire, oui ou non?

— Non, misérable! répondit madame Forster;
non!

— Puisqu'il en est ainsi, alors, tu seras fouettée
comme Caroline Prior l'eût été sans Preston.

— Oui, fouettée! fouettée! hurlèrent les femmes
déportées en battant des mains : fouettée sur le dos,
sur les épaules, sur les bras, partout!

— Oui, partout. »

Les révoltés riaient comme des fous : les disputes
des femmes amusent toujours tant les hommes!

« C'est convenu, le fouet à milady! cria Proserpine.

— Oui, c'est convenu.

— Nous verrons le dos de milady.

— Je veux voir le dos de la milady.

— Commencez !

— A bas le châle !

— A bas la robe !

— A bas les jupons ! »

Et ce que commandait la foule, Proserpine l'exé-
cutait avec une dextérité sans égale ; elle déshabil-
lait madame Forster, qui, en un instant, n'eut plus
pour tout vêtement que la chemise.

Le capitaine Forster, gardé à vue par quatre
révoltés, répandait des larmes, des larmes de honte
et de douleur, en voyant l'outrage que subissait
celle qui portait son nom, quoiqu'elle se fût montrée
bien peu digne de le porter.

« La voilà nue ! dirent les femmes.

— Elle n'est pas mal... mais non...

— Très-blanche !

— Elle se serre trop.

— Voyons, s'écria Proserpine, arrêtant en chemin cet inventaire trop anatomique, voyons qui
aura l'honneur de donner le fouet à milady. »

Ce nom jaillit de la foule : « Preston ! »

Tous répondirent à cette inspiration en répétant :
« Preston ! oui, Preston ! Parbleu ! il rendra ce
qu'il a reçu. Le fouet pour le fouet. »

Preston s'avança vers madame Forster, malgré
le mouvement que fit Caroline Prior pour l'empêcher.

Au même instant se produisait un incident nouveau et peu prévu.

« Cette femme ne sera pas fouettée, dit Carter,
fatigué à la fin du rôle important que jouait Preston
auprès de Caroline Prior et que la foule se plaisait
à lui prêter. Les batteries d'une rivalité formidable
se démasquaient tout à coup. Non, elle ne sera pas
fouettée.

— Et pourquoi ? lui demanda Preston.

— Parce que je ne le veux pas.

— Tu es donc le maître ici ? lui demanda encore
Preston.

— Je ne réponds pas là-dessus.

— Et moi, je t'interroge là-dessus, dit fièrement
Preston.

— Mais à quoi bon ? dit Ascott, qui voyait de loin
arriver l'orage, et qu'il ne jugeait pas assez mûr pour
le laisser éclater. A quoi bon vous disputer ainsi ?

Qu'est-ce que vous voulez? punir cette orgueilleuse et méchante femme? n'est-ce pas? très-bien! Et vous voulez la fouetter! mais ce n'est pas assez; ce n'est rien. Voulez-vous la punir d'une façon plus cruelle, plus ironique, plus originale, d'une façon digne de vous?

— Voyons, voyons, Ascott. Le fouet pourtant est un châtiment...

— Insuffisant.

— Expliquez-vous.

— Elle a tourmenté, répliqua Ascott, puni, fouetté, torturé, avili les déportées; elle hait à mort les déportées. Elle exècre les déportées; la loi est moins cruelle, moins abominable, moins flétrissante qu'elle pour les pauvres déportées. La voilà nue... eh bien! mettez-lui les habits d'une déportée.

— Bravo! bravo! bravo! »

Madame Forster poussa un cri d'anéantissement, de désespoir.

« Voyez-vous? dit Ascott, j'ai frappé juste. Et quand elle aura le costume ignoble d'une convict, voilà ce que nous ferons... »

Ascott s'arrêta pour écouter.

« Que ferons-nous ? »

Ici, Ascott fut interrompu par une clameur de voix, un charivari de jurons et de blasphèmes qui venait de l'entre-pont et sortait tourbillonnant et furieux du milieu du vaisseau. Les têtes suivirent la direction des regards d'Ascott, et l'on vit alors sortir par la grande écoutille d'autres révoltés, portant sur leurs épaules et dans leurs mains des tonneaux de viandes salées, des mannes pleines de biscuits de mer, des bouteilles de rhum, des planches de lard, des colliers de saucissons, des meules de fromage, des volailles conservées, des barils de choucroute, des tonnes de bière, des paniers de vin de Bordeaux, des tonneaux d'eau-de-vie, et tous les genres de comestibles que le chef de la cambuse tient ordinairement sous sa clef.

La pièce principale de cette rapine triomphale, de cette procession de fous, était, ô dégradation profonde de l'autorité! le cambusier lui-même, maître *Christmas,* un homme pâle et décharné, couronné de lauriers comme un jambon, le cou orné d'un grotesque collier de pommes de terre, et tenant d'une main une cuiller à pot et de l'autre une mesure de liquide de la plus forte capacité.

Il suait et tremblait de tous ces honneurs qu'on lui imposait avec une violence qui se traduisait à chaque pas par des injonctions de cette nature :

« Marche, chien de cambusier!

— Honneur à ce vieux rat!

— Place au fesse-mathieu!

— Bonnet bas devant ce roi des ladres! »

Il était aisé de voir que les matelots, ces éternels haïsseurs du chef de la cambuse, se vengeaient cruellement sur celui du *Niagara* de tous les vins frelatés, de tous les lards rances, de tous les haricots sonores, de toutes les pommes de terre gâtées, de tous les biscuits mangés par la vermine, que lui et ses semblables ont l'habitude de donner à leurs pensionnaires.

Enfin, le jour de la vengeance brillait.

On oublia un instant madame Forster pour le chef de la cambuse.

Quand on l'eut conduit sur la dunette, lieu de toutes les exécutions, on lui dit solennellement :

« Cambusier, jusqu'ici tu nous as traités comme des prisonniers, tu nous as fait manger tout ce qui t'a plu et qui nous a toujours déplu; aujourd'hui, tu vas nous régaler de ce que tu as de mieux et de plus délicat. Distribue-nous donc toutes ces friandises ; gorge-nous, étouffe-nous, mangeons et buvons à crever. »

Le cambusier poussa un gros soupir.

Thompson relata aussitôt sur son rapport ce nouveau fait de la révolte.

« Allons donc, cambusier ! à l'œuvre ! »

Et des mains se tendirent de tous côtés pour recevoir qui du bœuf, qui des quartiers d'oies conservés dans de la graisse, mais surtout et toujours du vin, du porter, de l'eau-de-vie et du rhum.

Que de soupirs, que de larmes exhalait, répandait le malheureux cambusier obligé de présider à cette odieuse prodigalité, lui si économe !

Mais que pouvait-il contre l'odieuse violence dont il était victime ? Il donna donc tant qu'on voulut et de la viande, et des salaisons, et de l'eau-de-vie ; horrible et inévitable facilité qui mit les révoltés dans un tel entrain, dans un tel commencement d'ivresse, qu'ils ne se contentèrent plus bientôt de ce que leur donnait à manger le pauvre cambusier ahuri, effrayé, navré, aux trois quarts mort. Horrible et grotesque folie de l'ivresse, ils voulurent le manger lui-même ! ! !

« Je propose, dit le mulâtre, de manger le cambusier.

— Oui, mangeons le cambusier, crièrent-ils avec frénésie. Quelle idée ! »

L'idée eut un succès d'anthropophage.

Les détails furent splendides.

« Comment le mangerons-nous ? dit un gourmet.

— Rôti, parbleu !

— C'est commun.

— En sauce ?

— Non, aux petits pois !

— Nous n'en avons pas.

— Aux haricots, alors.

— Mort aux haricots !

— Piqué !

— En tortue ! c'est mieux !

— Au naturel : c'est plus simple. »

Et l'eau-de-vie coulait toujours à pleins bords Les lèvres en étaient fatiguées. Hommes et femmes s'abreuvaient : c'étaient des éponges. Et pendant ce temps, le vaisseau abandonné à lui-même était tantôt en panne, tantôt au vent, tantôt et le plus souvent *masqué*.

« C'est convenu, reprirent-ils avec la fureur de l'unanimité, mangeons le cambusier !

— Qu'on le dépèce !

— Allumez le feu de la cuisine », ordonna Samuel.

Le feu fut allumé.

« Apportez, reprit-il, le tranche-lard, si vous voulez que je le dépèce.

— Puisque tu es cuisinier, lui dit Ascott, qui cherchait plus ouvertement, depuis qu'il était ivre, une querelle à l'homme de couleur, et qui ne devait pas tarder à la trouver, tu t'engages à nous donner tous les jours six plats de viande à dîner, trois de légumes, six bouteilles de vin à chacun, deux de rhum.

— Oui, dit Samuel, oui ! Mais un couteau, que je dépèce le cambusier !

— Pitié ! criait celui-ci ; pitié !

— Trop tard, cambusier !

— Je vous ferai faire à tous bonne chère, ajoutait-il d'une voix lamentable.

— Menteur !

— Je le jure : tous les jours, roast-beef, plum-pudding, gâteau aux amandes. »

On remit un large couteau de cuisine à Samuel.

7

Il défit aussitôt la cravate et ouvrit le gilet de l'infortuné cambusier.

Il me vient une idée, s'interrompit à cet endroit de son récit maître Gandolphe.

Au hasard de ne pas être entendu, car le vaisseau devenait un enfer, je dis : « Mes camarades, vous voulez manger le chef de la cambuse ; c'est à merveille ; il faudrait ne pas avoir le sens commun pour vous désapprouver ; mais je présume que vous comptez vous régaler en vous livrant à un festin si ordinaire, quoique bien naturel. » On m'écouta. Je fus encouragé. « Examinez votre cambusier, voyez comme il est maigre ; c'est un squelette : la peau et les os ; il n'a pas trois livres de mauvaise viande à vous offrir. Suivez-moi bien, mes camarades, — on m'écoutait de plus en plus : — Il est probable que la traversée sera longue, puisque vous n'allez nulle part. Soyez donc justes envers vos estomacs. Pourquoi n'agiriez-vous pas envers le cambusier comme vous agissez envers vos volailles ? Vous les engraissez : engraissez-le, et puis quand il sera gras, bien gras, vous le mangerez. » Un long rire, mais franc, mais universel, accueillit mon discours, qui fut trouvé si heureux, si éloquent, si juste, si persuasif,

que je sauvai non-seulement le pauvre cambusier ;
mais mon triomphe oratoire fut si complet, qu'Ascott
dit aux autres révoltés, tombés dans une hilarité
délirante :

« Cet homme est vraiment trop amusant pour
être si gêné dans ses mouvements ; qu'on le délie,
et qu'il soit du festin comme nous tous. — Qu'on
délivre aussi le cambusier. — Oui ! oui ! oui ! »

Nous fûmes délivrés tous les deux, le cambusier
et moi ; et comme il arrive toujours dans les revire-
ments des révolutions, on me traita avec autant de
cordialité qu'on en avait eu peu d'abord.

« Enfin, vous voilà sauvé encore une fois, maître
Gandolphe, dirent les matelots.

— Sauvé... sauvé... je ne sais qui pouvait se dire
sauvé au milieu de ces hommes dont l'exaltation
s'augmentait à chaque minute dans des proportions
effrayantes, et par un usage incessant du rhum et
par la présence, le contact de ces femmes condamnées dont la joie, les cris, les frénésies immenses,
sombres, burlesques, furieuses, indescriptibles,
allaient mettre continuellement en question l'existence du vaisseau, aussi ivre que ceux qu'il portait,
et l'existence de tout le monde.

On se retourna de nouveau contre madame Forster, qui, aussi héroïque qu'elle avait été méchante,
se laissa, sans dire un seul mot, revêtir de la robe
des déportées, tandis que son bonnet, ses rubans,
ses dentelles, son châle, arrachés, lacérés, hachés
en mille morceaux, devinrent l'amusement de ces
femmes, qui s'en parèrent d'une façon dérisoire
comme le feraient des singes tombés dans le maga-
sin d'une couturière ou d'une modiste.

Caroline Prior seule ne prenait aucune part à ces
déréglements qui n'étaient rien, mais rien, en comparaison de ceux qui allaient suivre.

Le jour venait pourtant, quoiqu'il me parût ne
devoir jamais venir pendant cette nuit dont la durée
m'avait été d'un siècle; et avec le jour le vent s'élevait; il soufflait déjà d'une certaine force dans la
direction de l'ouest. Les vagues, sèches et pressées,
criaient comme sur un lit de cailloux; elles mou-
tonnaient; à l'horizon des cercles cuivrés se for-
maient, qui n'annonçaient pas précisément du beau
temps pour la journée. Mais à bord du *Niagara*,
qui donc songeait alors au vent, au temps, à la
journée?

Quand madame Forster fut vêtue de l'ignoble

robe des déportées, sous laquelle sa chair frisson-
nait, chacune de ces femmes, dont l'ivresse avait
exalté la beauté, allumé les ardentes couleurs et
surtout la cynique parole, passa devant elle en lui
jetant un nom et un crime.

« Madame, moi, je suis Annah Buttler : j'ai incen-
dié trois fermes.

— Madame, moi, je suis Mary Godwin : j'ai
empoisonné mon frère.

— Madame, moi, je suis Nany Kempt : j'ai vendu
ma sœur.

— Madame, moi, je suis Rose Taylor : j'ai
étranglé mon mari.

— Madame, moi, je suis Fanny Winter : j'ai
brûlé mon enfant dans un four.

— Moi !...

— Assez ! assez ! dit madame Forster en mettant
ses deux mains sur ses yeux épouvantés.

— Eh bien ! dit Proserpine en écartant les mains
de lady Forster pour lui découvrir le visage qu'elle
opposa au sien, superbe, ivre, menaçant et rica-
neur, eh bien ! tu es plus coupable, plus criminelle
qu'Annah Buttler, que Mary Godwin, que Nany
Kempt, que Rose Taylor, que Fanny Winter, que

nous toutes, nous parricides, incendiaires, empoisonneuses ; parce que tu es la femme hypocrite qui
n'a pas osé avouer son amant, lâche ou non, qui lui
demandait la vie. Ton infâme vertu est au-dessous
du dernier de nos vices.

— Quel rêve ! s'écria madame Forster, dont
l'énergie ne cédait pas encore sous le poids de tant
de malédictions.

— Voici le réveil ! dit Proserpine, en soulevant
vigoureusement madame Forster dans ses bras et en
la plaçant dans l'un des canots suspendus le long
du bord aux porte manteaux. Lâchez les drisses ! »
ordonna-t-elle aux matelots qui avaient combiné le
coup avec elle. Aussitôt les drisses furent lâchées,
et l'embarcation, en une seconde, toucha l'eau,
flotta, fut détachée du vaisseau, et laissée à cent
pieds plus loin ; une seconde après, elle n'était plus
qu'un point dans l'espace, une tache, rien.

Madame Forster avait été abandonnée à la mer,
en plein Océan.

Il s'éleva une telle clameur à bord, après cette
exécution, un tel bruit de cris, de casseroles, de
musique, qu'on ne s'aperçut pas d'abord que le vent
soufflait avec une violence épouvantable ; la tem-

pête se mettait de la partie ; les vagues tombaient déjà à bord.

A ce début de l'orage, Ascott, s'élançant sur le couronnement du vaisseau , une hache à la main, s'écria de sa voix cuivrée :

« C'est fini! le *Niagara* n'appartient plus à l'Angleterre ; il est à nous, à nous les rebelles, les révoltés! Donc j'abats ce pavillon d'esclavage et de douleur. »

Il coupa la drisse au pied, et le noble pavillon anglais, cet étendard d'honneur et de gloire, sous lequel tout homme doit être fier de lever le front, car il veut dire, depuis des siècles : bravoure, discipline, travail, richesse, puissance, devoir, résignation, ce sublime étendard tomba dans l'eau comme un chiffon dédaigné.

Pendant qu'il descendait de son poste d'honneur, on entendit une voix frémissante qui cria :

« Vive l'Angleterre! » et un coup de pistolet.

Le capitaine Forster venait de se brûler la cervelle, ne voulant pas survivre à la chute de son pavillon.

La tempête était plainement déclarée.

La rafale criait et aboyait dans les cordages

tendus parfois à se rompre, lâches parfois comme les cordes d'un violon dont le manche se brise. Des masses d'écume, des nappes d'eau flagellaient les mâts en écharpe, pour se briser et se vaporiser en poudre liquide qui retombait en perles d'argent, dont chaque grain devenait un miroir où se réfléchissaient les feux sans chaleur du soleil

La tempête, une tempête plus terrible, régnait sur le *Niagara :* une ivresse noire, sauvage, répondait cris pour cris, blasphèmes pour blasphèmes, coups pour coups, à l'ouragan. Celui des hommes allait épouvanter celui du ciel.

Il faisait enfin grand jour.

Les torches portées par toutes ces femmes, Némésis et Furies de l'Océan, s'éteignirent.

La grande débauche allait recommencer au soleil. »

Ici, maître Gandolphe dit à son auditoire attentif :

« Mes enfants, le quart de la diane est fini, il faut aller nous coucher. A la diane suivante, si je suis encore en vie, je vous dirai la suite de l'histoire du *Niagara* et de ses cent trente déportées. »

IV

A la diane suivante, maître Gandolphe reprit ainsi : « Rien au monde ne peut donner une idée exacte d'un vaisseau sur lequel une révolte a éclaté; et rien même ne peut fournir une comparaison assez juste, assez précise, pour faire comprendre le caractère du chaos qui succède à l'ordre, du danger qui suit la sécurité, de la folie qui vient après cette immense raison qu'on appelle la discipline.

A terre, les émeutes, les révolutions populaires offrent presque toujours deux chances de salut : la première, c'est qu'un passage reste constamment ouvert à ceux qui ne veulent prendre aucune part à la destruction de l'ordre établi; la seconde, c'est que le besoin inné à l'homme de rentrer dans les limites du raisonnable et du possible pousse toujours un chef à prendre les rênes des chevaux en déroute. A la mer, rien de semblable.

Par où fuir ? la mer partout ; il faut rester ; être témoin et acteur. La main qui n'agit pas est coupée ; le pied qui veut se retirer est enchaîné. Le chef qui pourrait rétablir l'ordre n'est souvent nulle part ; Dieu seul sait le moment où une cause mystérieuse fera cesser le trouble. En sorte qu'un vaisseau est moins un assemblage d'individus, dont le courage et l'honnêteté chez les uns compensent la faiblesse et la cruauté chez les autres, qu'un seul individu qui ne peut se modifier ni se corriger lui-même. C'est ce qui explique fort naturellement pourquoi tous les vaisseaux à bord desquels une insurrection se manifeste périssent ou par le naufrage ou par l'incendie. C'est un fou qui n'a personne pour le garrotter.

Les révoltés du *Niagara* avaient jeté à fond de cale tout l'état-major et une grande partie des employés.

Thompson seul, et il méritait cette glorieuse exception, était demeuré libre, et libre d'écrire des rapports tant qu'il lui plairait. On aurait craint de faire de la peine à cet excellent homme en le privant d'un devoir devenu chez lui un plaisir, et d'un plaisir passé à l'état de manie.

Du reste, il s'acquittait de sa tâche avec une ponctualité de plus en plus grande, et de plus en plus justifiée par la circonstance.

Sur son journal, à côté de l'aire de vent qui avait soufflé, à côté des observations barométriques et thermométriques, il continuait à consigner à la colonne des observations générales les monstruosités les plus variées commises par l'équipage. On put lire dans cette colonne où il brillait : « Si le cambusier Christmas ne fut pas mangé cette nuit-là, c'est que, sur l'observation d'un matelot français, qui le sauva par son judicieux avis, le cambusier n'était pas parvenu à un embonpoint suffisant. »

L'équipage, maître du vaisseau qu'il avait sous les pieds, resta en présence des quatre chefs à peu près égaux en autorité : Carter, Ascott, Preston et Samuel le mulâtre ; et ces quatre chefs dont vous avez pu apprécier le caractère, les passions violentes et l'énergie, restèrent à leur tour en présence de leur sauvage rivalité ; Carter et Preston, amoureux tous les deux de Caroline Prior ; Ascott et le mulâtre en adoration l'un et l'autre devant les charmes puissants et merveilleux, les séductions monumentales de Proserpine, statue vivante, — celle qui versait

du plomb fondu, avec tant de naïveté, dans l'oreille
des étrangers pour être agréable à son cher Ascott.

Si vous me demandiez, dit maître Gandolphe à
ses camarades, comment Proserpine et Ascott, qui
s'étaient connus à Londres, de même, comme vous
allez le voir plus tard, que Preston et Caroline Prior
s'étaient connus à Dublin, comment, dis-je, ils
s'étaient rencontrés à bord du vaisseau *le Niagara*,
il me serait facile de vous répondre. Ces rencontres
seraient tout à fait impossibles et un vrai miracle si
le hasard seul devait les amener ; mais les déportées
et les matelots qu'elles ont pour amants se chargent
de faire le hasard.

Ces derniers, qui savent toujours d'avance par
leurs maîtresses le vaisseau qui doit les emporter
en Australie, s'arrangent pour être enrôlés, et il
arrive ainsi qu'ils font le voyage ensemble. Cette
conspiration permanente, qu'il est impossible à
l'amirauté de déjouer, quoiqu'elle en soit parfaitement instruite par sa police, est la source de toutes
les conjurations qui se trament à l'ombre de la
voile, de toutes les insurrections qui éclatent en
pleine mer, comme celle du *Niagara*. Tout s'en-
chaîne : les convicts corrompent les matelots dont

elles sont les amies, et ceux-là, à leur tour, entraînent le reste de l'équipage et le trop petit nombre de soldats de marine affectés au service de sûreté de la traversée.

La plus intéressante de toutes les convicts était la naïve et gracieuse Caroline Prior, dont il était difficile de deviner le crime à son visage touchant et réfléchi, dont il était impossible même de dire la faute, car il n'y avait place ni pour la tache d'un crime, ni pour l'ombre d'une faute dans l'ovale délicieux de coloris et de forme qui le renfermait.

Pourtant, comme je vous l'ai déjà dit, continua maître Gandolphe, elle allait subir à Sydney ou à Norfolk, dans la Nouvelle-Hollande, une captivité perpétuelle. Vous supposez alors que Caroline Prior était la victime d'une de ces erreurs judiciaires dont il y a tant d'exemples, même en Angleterre, où il s'en commet le moins.

Vous vous trompez, mes bons camarades, Caroline Prior avait été justement condamnée en Irlande pour crime d'infanticide ; oui, accusée de ce meurtre horrible, elle n'avait échappé à l'ignominie de la potence qu'à cause de son extrême jeunesse.

Voici le fait criminel tel qu'il m'a été raconté par

Preston lui-même, son amant, son amant aimé, car elle n'avait pas plus fait attention aux avances brutales de Carter qu'aux assiduités dú malheureux second, sir Grant.

Fille d'un riche Irlandais, Caroline Prior avait une sœur nommée Mary.

Les deux sœurs passaient pour les deux plus jolies filles du canton.

Mary était l'aînée, et l'aînée au moins de cinq ans ; mais entre une jolie enfant de quinze ans et une jolie fille de vingt ans, quelle est la plus jeune ? ma foi ! chez les Anglais, il n'est pas facile de le dire. Seulement, à l'époque où commence l'histoire dont la fin fut si funeste pour Caroline, Mary avait un côté sérieux dans le caractère et la figure qu'elle communiqua plus tard à sa jeune sœur. Caroline alors était l'oiseau qui chante dans les blés, la fleur qui s'ouvre dans la fente du mur, le rayon qui court sur l'eau, l'eau qui gazouille dans le pré, toutes choses douces, bonnes, harmonieuses, qui ne savent pas ce qu'elles font, mais qui le font avec d'autant plus de naturel et de grâce.

Mary, au contraire, était la gravité même, la gravité au jeu, la gravité à table, la gravité partout.

Elle aima pourtant, mais si gravement, si mysté-
rieusement, et à sentiments si couverts, qu'on ne
savait guère dans le canton si le fils du ministre, si
James Gordon allait dans la famille pour Caroline
ou pour Mary Prior.

Ceci serait moins étonnant, dit devant des Anglais
que devant vous, mes camarades.

En Angleterre, l'amour, qui commence de très-
bonne heure pour ne finir jamais, est une confidence
si discrète et si longue, que le premier mot n'y fait
jamais pressentir le dernier, et qu'elle se prolonge
souvent huit ou dix ans sans interruption; on sait
seulement que le jeune homme introduit dans une
maison épousera un jour quelqu'un. Le jeune
homme finit quelquefois par se marier avec la mère
devenue veuve.

Or, comme je vous le disais, Mary Prior aima le
fils d'un ministre protestant, — d'un ministre reli-
gieux, bien entendu, — et elle l'aima avec tant de
confiance... Mais ceci est inutile à dire, puisque le
procès criminel vous en dira plus en quelques mots
que moi avec toutes mes paroles.

Au plus beau moment de cette liaison, peut-être
n'était-ce point le plus beau, — mais passons, —

des moissonneurs, qui coupaient à cœur joie les blés dans un champ voisin de celui du fermier Prior, trouvèrent sous leur faucille, entre les bluets et les coquelicots, le cadavre d'un nouveau-né.

La découverte effraya ces braves gens, qui allèrent aussitôt chez le chef de l'autorité locale faire leur déclaration.

Bonne fortune pour le magistrat !

Il fut reconnu par les gens de l'art, appelés à donner leur avis, que l'enfant avait vécu plusieurs heures, et par les jurisconsultes que la mère ne l'avait ainsi déposé dans un champ de blé, quand les épis étaient déjà un peu hauts, que pour qu'il restât au moins quatre mois caché à tous les regards.

La justice va vite quand elle met ses grandes bottes noires, ses lunettes bleues et ses gants noirs.

Dieu vous garde d'une injustice ! mais surtout de la justice !

Comme le canton où le crime avait été commis n'était pas considérable, il fut facile de chercher et de trouver quels étaient les jeunes gens et quelles étaient les jeunes filles qui, à ce moment-là, pouvaient s'aimer ou se voir avec quelque intimité. On arriva ainsi à constater les assiduités de James Gordon auprès de la famille des deux jeunes sœurs ; mais là s'arrêta le premier pas des investigations de la justice. Le fermier Prior était très-honorable, la famille Gordon très-honorable aussi, le fils de James Gordon, sur le point de passer ministre comme son père, non moins honorable. Comment supposer?... L'attorney, — c'est, en Angleterre, le grand juge, — l'attorney se dit : Mais c'est parce qu'ils sont tous très-honorables qu'ils auront voulu peut-être, ou plutôt que quelqu'un dans l'une des deux familles aura à tout prix fait disparaître les traces d'une très-grave faute. Il ne pesa pas trop sur l'idée, toujours retenu, quoi qu'il en dît, par l'honnêteté des deux familles, mais il ne l'abandonna pas cependant ; un juge abandonner une affaire, jamais ! il y revint ; il soupçonna, il épia de loin les pas et les démarches des deux jeunes filles.

Il ne découvrait rien.

James Gordon continuait à aller dans la famille Prior avec la même exactitude, et les deux sœurs, de leur côté, continuaient à le recevoir avec la même affection. Les recherches de la justice semblaient tout à fait abandonnées sur ce point ; c'est le moment où l'on doit le plus se méfier d'elle.

L'automne touchait à sa fin ; il est d'usage dans ce canton de l'Irlande de dire adieu par un bal à la belle saison qui s'en va : on danse sous les derniers ombrages, sur les dernières feuilles tombées. Il fut décidé secrètement, sur les conseils des autorités du canton, que la fête champêtre aurait lieu sur le terrain où quelques mois auparavant les moissonneurs avaient ramassé le nouveau-né privé de vie.

L'endroit, du reste, était admirablement choisi : le champ partait d'une de ces douces collines de gazon, douces aux regards, douces au pied, comme il y en a tant en Angleterre, où la campagne est si belle, et allait se terminer au bord d'une rivière bien riante, bien limpide, bordée de jolies fermes, de maisons de pêcheurs.

Comme de coutume, toutes les jeunes filles s'empressèrent d'accourir à la fête ; toutes', excepté deux : Caroline et Mary Prior. Sans importance pour les gens du pays, cette absence fut soigneusement remarquée par l'attorney ; vous devinez que le malin magistrat s'était dit : Si c'est dans notre canton que se trouve la femme qui a commis le crime qui m'occupe, elle n'osera peut-être pas venir danser à l'endroit même où elle a abandonné le cadavre de son enfant. Quelles sont celles qui ne sont pas venues? se demanda-t-il après le bal; il se répondit : Toutes sont venues, excepté les filles de M. Prior : celles-là assument donc sur elles les plus fortes présomptions.

Les filles de M. Prior! c'est incroyable! mais il y crut; c'est toujours ainsi.

Il se présenta chez M. Prior : il désirait savoir, dit-il avec un ton d'intérêt à la famille, quelle raison avait pu empêcher les deux délicieuses jeunes filles d'assister au dernier bal. Caroline répondit qu'elle n'avait pas voulu y aller parce que sa sœur Mary avait refusé de s'y rendre; Mary, qui ne s'attendait ni à cette visite, ni à cet interrogatoire, si insignifiant pour les autres, si terrible pour elle, hésita, pâlit, rougit tour à tour, et se troubla; elle finit par se retirer.

Aussitôt, le juge prit à part M. Prior, et lui parla sérieusement des doutes qu'il avait déjà conçus, de la presque certitude où il était maintenant que sa fille Mary Prior était l'auteur du crime commis sur l'enfant caché ensuite dans le champ de blé.

Le père se récria, la mère s'emporta; rien n'était plus honnête que leurs filles; le juge fut de leur avis, mais il porta l'affaire devant les assises.

Elle alla bon train : on interpréta les visites de James Gordon dans la famille Prior; on calcula l'intérêt qu'avait eu Mary à faire disparaître cet enfant; on l'attribua au désir de ne pas compromettre, si jeune encore, celui qui devait un jour être son mari, et qui plus est, ministre de la religion, et ministre dans le canton après son père; raison grave, déterminante dans une inspiration mauvaise.

Il en fallait beaucoup moins pour être accusée, chargée, inutilement défendue, et dans l'impossibilité d'en sortir sans être condamnée à la peine infligée par la loi aux mères qui tuent leur enfant. Et puis le pays! et puis le canton! et puis les voisines! et puis les amis! qui tous veulent que ce fût Mary qui eût tué le sien!

Cette affaire, qui remua et souleva le pays plus que ne l'eût fait un tremblement de terre, porta un trouble si profond dans l'esprit du jeune James Gordon, qu'il eut, au moment de déposer, un transport, une fièvre cérébrale, dont il mourut au bout de quelques jours.

Le jugement, enfin, allait être rendu; dans tous

les esprits, pour tout le monde, Mary était condamnée.

Caroline se présente : l'affaire change de face.

Caroline se déclare l'auteur du crime : sa sœur
Mary n'a été que sa confidente; James Gordon, qui
vient de mourir, était son amant, et non celui de
Mary; c'est donc elle, elle seule qui a tué l'enfant,
c'est elle qui l'a enfoui dans les blés, c'est elle qui
mérite, qui appelle toute la sévérité de la justice;
Mary avait voulu attirer sur elle tous les dangers
d'une position affreuse pour sauver la vie à une plus
jeune sœur : Mary, grave, pieuse, dévouée.

La justice crut très-bien une jeune fille qui parlait ainsi et que personne ne démentait. Qui l'aurait
démentie? James Gordon était mort. Sa sœur Mary?
mais en autorisant ce mensonge, combiné au foyer
paternel, elle sauvait la maison de l'ineffaçable déshonneur d'avoir eu dans la famille une personne
pendue. Car ce qu'on pressentait arriva : l'extrême
jeunesse de Caroline Prior trouva, sinon grâce, du
moins pitié devant la justice; la loi fait presque une
nécessité de cette indulgence.

Au lieu d'être condamné au gibet, Caroline Prior
le fut à la déportation à Sydney en Australie; peine

horrible, cruelle, peine infamante, sans doute, mais dont l'horreur s'efface avec le temps, dont la cruauté s'adoucit sous le repentir, dont l'infamie peut même disparaître complétement, grâce à une bonne conduite et à la clémence royale.

Caroline était donc déportée dans la Nouvelle-Hollande, quoiqu'elle fût pure, quoiqu'elle fût innocente; et c'est parce qu'il était convaincu de cette grande innocence, de cette grande pureté, que son avocat, sir Lewis Preston, celui qui l'avait éloquemment mais inutilement défendue aux assises, était devenu amoureux d'elle, et amoureux à ce point d'exaltation, qu'il avait voulu, quoique riche, quoique d'un grand nom, la suivre, déguisé en matelot, jusqu'au fond de l'Asie, jusqu'au bout du monde; dévouement tendre et superbe, qui, une fois dans la vie des amants, s'était trouvé exactement vrai.

« Vienne me la disputer qui l'osera ! » s'écria Carter, en posant sa large main ouverte sur l'épaule de Caroline Prior, dès que le vaisseau, débarrassé du capitaine et de son état-major, n'appartint plus à personne sous le ciel.

Ce défi, qui fut entendu, malgré la tempête, de

tout l'équipage, que Carter semblait appeler comme témoin de sa prise de possession, était une provocation insolente et directe faite à Preston.

Preston n'avait pas eu besoin de cette provocation pour s'élancer et venir disputer à Carter la femme qui lui avait inspiré un amour si tendre et si impérieux, qu'il avait renoncé pour elle à la patrie, à sa famille, à sa position et presque à l'honneur.

Carter était superbe d'attitude railleuse et insultante, avec sa puissante main fixée sur Caroline; ils ressemblaient, lui au léopard du cirque romain, elle à la jeune martyre chrétienne qu'il va déchirer sous sa griffe.

Chercher à enlever Caroline de dessous cette griffe de fer, c'eût été de la part de Preston une folie bien inutile et bien dangereuse.

Le spirituel Irlandais n'y songea pas un instant.

Il fallait pourtant ou se déclarer vaincu devant tout l'équipage, ou trouver sur-le-champ un moyen de délivrer Caroline de cette odieuse étreinte. Un seau plein d'eau salée se trouvait en ce moment près de Preston; il y plonge le bout de ses doigts, et, avec un geste de mépris, il lance des gouttes d'eau au visage de Carter. Chaque goutte était une humiliation, un outrage indéfinissable; c'était plus outrageant encore qu'un soufflet. L'homme était ravalé à l'insignifiance ridicule d'un oiseau qu'on ne veut pas écraser ou d'une mouche qu'on veut se borner à éloigner.

Abandonner soudainement Caroline Prior, fermer les poings, tendre les jarrets et cracher une injure exécrable à la face de Preston pour qu'il acceptât le combat, un combat à mort, fut un seul et rapide mouvement chez Carter, indigné, révolté, terrible : ses yeux devinrent verts, sa peau fumait.

Preston acceptait le combat, la redoutable boxe anglaise, celle dont un homme, quand elle est sérieuse, quand toutefois elle est un duel, ne sort jamais que mutilé affreusement, quand il en sort. Il opposa immédiatement ses poings délicats à ceux de Carter, ses genoux de femme à ceux de Carter, son regard magnétique et calme au regard fauve et sanglant de Carter, sa poitrine élégante, son cœur et son souffle, à la poitrine, au souffle de bronze de Carter.

Au même instant, on vit l'équipage entier se classer en deux catégories et se placer sur deux rangs le long du bord : d'un côté les partisans de Carter, de l'autre les partisans de Preston, hommes et femmes, matelots et convicts ; quelle joute ! quel spectacle !

Caroline fut assise sur la grande chaloupe placée au centre du vaisseau, et gardée à vue par trois hommes dévoués à Carter, par trois hommes du parti de Preston. Cette mesure signifiait assez clairement que Caroline appartiendrait au vainqueur après la lutte. Jusque-là, elle était sous la protection des deux partis. Elle sortit un petit livre de piété, qu'elle portait toujours dans son corsage, et elle se mit à prier avec ferveur.

Carter porta le premier coup : il avait été dirigé comme un dard sur l'œil gauche de Preston, qui l'évita avec un imperceptible mouvement de tête et presque en riant.

« Diable ! il sait boxer, dirent unanimement tous les spectateurs haletants ; c'est égal, il sera crevé dans deux minutes. »

Carter porta, sans attendre une riposte probable, un second coup destiné à l'œil droit de Preston ; même jeu de tête, même résultat dérisoire pour Carter, peu habitué à ces déceptions. Carter lâcha un juron plus formidable encore que le premier, et si foncé que les convicts elles-mêmes en furent scandalisées. Le troisième coup, lancé avec la vigueur d'une fronde par le redoutable bras de Carter, un des premiers boxeurs de la marine anglaise, chercha à défoncer la poitrine de Preston. Le poing de Carter, rond, dur, nerveux, ressemblait à un boulet; il eût pulvérisé une poitrine de pierre; l'agile Irlandais se baissa rapidement, et le boulet passa par-dessus sa tête sans même l'effleurer. Carter, qui s'était trop élancé, faillit tomber sur le visage, ridicule atroce, indélébile, dans le noble jeu de la boxe; il n'y échappa qu'en se relevant par la contraction violente de ses muscles; mais le désappointement qu'il éprouva lui enflamma le cerveau, il devint pourpre de colère : « Meurs, chien d'Irlandais! cria-t-il entre ses dents qui grinçaient; meurs, fils et petit-fils de chien! » Et il recommença le coup qui avait trompé sa haine. Cette fois, Preston, joignant la taquinerie à l'habileté, glissa entre les jambes de Carter, qui, perdant l'équilibre, tomba de tout son long, et cela à la grande joie d'une moitié de l'équipage et à la stupéfaction de l'autre. « Mais il est donc insaisissable! » dit, avec la rage au cœur, dans les yeux et partout, Carter en se redressant, mais en se redressant le visage souillé de goudron et du sang qu'il perdait par le nez.

« Ah ! tu es insaisissable ! grondait-il les lèvres pleines d'écume ; ah ! tu veux me lasser par ton adresse à éviter mes coups ! des coups où je m'épuise ! Voyons si tu seras toujours insaisissable. » Et, empoignant une de ces lourdes barres de fer comme il y en a toujours sur les vaisseaux, il la leva pour en briser résolûment le crâne de Preston.

« Ce n'est pas loyal ! crièrent aussitôt d'une seule voix les partisans de Preston ; les autres n'osaient rien dire.

— Non ! ce n'est pas loyal ; les poings, oui, mais le fer !... »

Ils n'eurent pas le temps d'achever leur improbation ; la barre de fer tombe, elle effleure la tête, l'épaule, les flancs, les pieds de Preston, et elle va déchirer, meurtrir le pont en s'abaissant sous la violente impulsion qu'elle a reçue.

« Mais c'est donc un démon ! cria Carter, blême, convulsif, découragé ; mais je n'en viendrai donc pas à bout !

— Je ne crois pas, répondit Preston en riant, Preston sur qui, depuis quelques secondes, Caroline portait des regards illuminés, pieux, effrayés : « Courage, mon ami, disait-elle à demi-voix, et elle semblait la voix de la tempête; courage! je prie pour vous le Seigneur et ses anges ; Preston sera vainqueur.

— Ne vous y fiez pas », répondirent en chœur trois cents voix impies.

Carter s'apprête à donner à Preston un second coup de la barre de fer; il y laissera sa vigueur, ses ongles, sa vie, mais il faut que cette barre écrase Preston.

Preston, dès cette seconde menace, a sorti de la poche de sa veste une corde très-mince, de la dimension et de la force de celle dont on se sert pour lier les ballots. Carter lève le bras de fer et la barre de fer; Preston, au même instant, lance la corde à travers les jambes de Carter, qui d'abord ne s'en aperçoit pas; c'est un serpent, elle enveloppe, revient sur elle-même, tandis que Preston en garde le bout dans sa main.

Ce second coup de la barre meurtrière prend Preston en écharpe; cette fois il est atteint; s'il est

atteint, il est mort. On voit Preston rapidement
tourner sur lui-même. Preston a reçu le coup; mais
au moment où il le recevait, il évoluait si exactement dans le même sens, que la barre, ne rencon-
trant qu'une tangente mobile, n'effleurait pas même
la peau; Preston s'en faisait une ceinture.

Mais qu'a donc Carter, l'infatigable Carter? Carter qui avait juré de ne pas quitter la partie sans
avoir écrasé Preston? Il n'agit plus, son bras droit
ne quitte plus son corps, son corps semble paralysé.
Carter est enchaîné, noué, pris, étranglé dans les
circonvolutions nombreuses, étroites, de la corde
jetée si habilement par Preston, qui ne tournait que
pour enlacer Carter qui le croyait blessé. Carter
veut donner un troisième coup de barre; mais Preston le contient, l'entoure et le couvre si bien de la
corde, qu'il n'a plus de mouvement. Carter, enfin,
au comble de la frénésie et de l'impuissance, pâlit,
chancelle et tombe sur le pont, en blasphémant et
en rugissant. Il tombe sans avoir pu donner un seul
coup à cette couleuvre d'Irlandais; il tombe vaincu,
vaincu sans qu'on ait même daigné le combattre,
le blesser, le tuer! il tombe, honte et douleur!
pour voir Caroline Prior remise aux mains et au

pouvoir absolu de Preston, de Preston son rival

Les juges du camp vinrent demander à Preston ce qu'il voulait faire de Carter. « Qu'on le jette à fond de cale avec l'état-major; nous verrons plus tard », répondit-il ; et l'on applaudit Preston, qui, tout naturellement, allait remplacer un instant Carter dans la haute opinion, dans l'estime des révoltés.

La joie suit la victoire : « Il faut arroser la victoire ! crie-t-on ; arrosons ! »

Aussitôt trois grosses barriques de rhum, quels arrosoirs ! une barrique de sucre, deux caisses de cannelle, sont placées sur le pont et mises à contribution.

Il faut, par un punch gigantesque, célébrer la victoire du jeune Preston.

Les femmes voulaient que son mariage avec Caroline Prior fût immédiatement conclu; Preston s'y refusa.

Mais le punch fut allumé dans une chaudière immense au milieu même du vaisseau. La tempête couchait la flamme qui couvrait de son arc-en-ciel ardent la moitié du *Niagara*.

Et Thompson, témoin impassible de tous ces évènements, écrivit sur son rapport :

« L'ouragan continue — Le capitaine Forster s'est brûlé la cervelle au petit jour. — Un chef des révoltés a été vaincu par l'autre. — Le vaisseau, que personne ne dirige plus, ne va plus nulle part. — L'équipage, du reste, est en parfaite santé. — Nous allons faire du punch. »

Au moment où six matelots du parti de Preston enlevaient Carter, garrotté, pour le descendre à fond de cale, le mulâtre Samuel marcha sur Ascott, qui ne s'était pas séparé de la belle Proserpine, et il lui dit avec un ton d'insolence à se faire poignarder :

« C'est donc ainsi que tu défends ton ami Carter ?

— Cela ne te regarde pas, fils de singe, répondit Ascott au mulâtre. Touche à cette femme comme Carter a touché à la femme de Preston, et tu verras.

— C'est ce que je vais faire, dit le mulâtre en s'élançant pour saisir Proserpine.

— Ah ! mais je suis là », dit Proserpine en envoyant au mulâtre un de ces riches soufflets comme les femmes du peuple seules, dans leur magnificence, savent en donner ; un de ces soufflets qui en contiennent douze. La joue du mulâtre fut immédiatement enflée.

« A mon tour ! » cria Samuel en saisissant Ascott par ses épais favoris. Ascott poussa un long cri de douleur. Samuel lui arracha, avec la peau du visage, tout un côté des favoris ; il lui avait scalpé la joue.

« Le punch ! le punch ! cria en ce moment le cambusier Christmas, rendu à ses fonctions naturelles, et reprises tout à fait de bonne grâce, quoique de temps en temps Christmas murmurât : — Non ! c'est trop de sucre... en vérité, c'est trop de cannelle ! »

Ascott, malgré son atroce douleur, saisit le mulâtre par ses cheveux laineux.

Ces deux tigres se mordirent en même temps à la joue ; ils se mangeaient !... »

V

Maître Gandolphe n'eut pas besoin de faire sonner la cloche pour réunir autour de lui ses auditeurs de la veille; aucun ne manqua au quart de la seconde diane.

Quel est celui, parmi eux, qui n'aurait pas désiré savoir comment devait se terminer la lutte entre le matelot Ascott et le terrible mulâtre Samuel, si largement souffleté par la majestueuse Proserpine?

« Mais qui gouvernait le vaisseau pendant toutes ces belles affaires? demanda le mousse avec inquiétude.

— La tempête, répondit maître Gandolphe; ces enragés avaient mis dehors autant de voiles que les mâts pouvaient en porter. Comment n'avons-nous pas sombré vingt fois par heure? comment les mâts n'ont-ils pas cassé comme des allumettes? je ne saurais vous l'expliquer.

— Voyons, voilà où nous en étions restés, maître

Gandolphe[1]: Ascott et le mulâtre se mangeaient réciproquement la joue, et le punch flambait au milieu du vaisseau dans une vaste gargantua de chaudière.

— Oui, c'est là que nous en étions restés : la chaudière de punch fut avalée d'un trait comme un petit verre d'eau-de-vie, et les matelots firent cercle, les uns montés sur les autres sur six rangs, pour voir si ce serait Ascott qui avalerait Samuel ou bien si ce serait Samuel qui avalerait tout cru Ascott.

L'inévitable boxe recommença entre ces deux fiers bandits dès que, fatigués d'enfoncer leurs dents dans leurs chair, ils se furent un instant détachés l'un de l'autre. Le mulâtre avait huit trous à la joue, faits par Ascott. Ascott avait une affreuse brèche, une espèce de ravin qui lui partait du sommet de l'oreille droite et allait se perdre sous le menton; c'était l'endroit où il n'avait plus le favori que lui avait arraché, comme un copeau, Samuel le mulâtre.

La superbe Proserpine était sortie des rangs et se tenait au milieu du cercle, presque à portée des coups qui allaient se donner.

Par ses regards enflammés, par ses beaux bras nus, roses et en sueur, ses paroles d'encouragement, elle cherchait à exalter la vigueur d'Ascott, se retournant de temps en temps comme une lionne dont elle avait le caractère, car ses cheveux étaient épars, pour donner des espérances aux amis et aux partisans de son amant ou pour accabler de malédictions et d'injures ses ennemis et le mulâtre Samuel.

On avait placé près des deux rivaux deux haches d'abordage et deux mousquets chargés l'un et l'autre de trois balles de fer.

La boxe fut de celles que les grands amateurs appellent sombre. La lutte sombre se poursuit sans bruit, souterrainement, sans cris, sans exclamation d'orgueil ou de douleur; on se massacre en silence.

Ils commencent :

Le mulâtre fait d'abord semblant de lancer la massue de son poing au visage d'Ascott, et, par cette feinte adroite, il lui porte un coup en plein à l'avant-bras, afin de paralyser dès le début les forces de son adversaire.

Ascott exprime par une grimace de douleur la

sensation éprouvée ; mais, mordant sa douleur, il répond au choc qu'il a subi par un coup exactement semblable et sans recourir au subterfuge banal d'une feinte. Une plaque blanche et bleue s'élargit aussitôt au sommet du bras herculéen de Samuel, qui fut forcé de le laisser tomber, lourd et engourdi, le long du corps ; ce coup fut jugé le meilleur.

Un hourra d'enthousiasme, aussitôt comprimé, récompensa la victorieuse riposte d'Ascott.

A peine revenu de son engourdissement, Samuel releva une seconde fois son poing fermé, et feignant encore de le projeter horizontalement, il l'abattit, avec la lourdeur du plomb, sur le sommet de la tête d'Ascott. La boîte osseuse de celui-ci craqua comme si on lui eût brisé un casque d'acier sur la tête ; les chairs de son front se plissèrent sur ses yeux, et son cou de taureau se ramassa ; il fut étourdi, son regard devint trouble, on le crut mort ; mais bondissant à la droite du mulâtre et passant avec la même légèreté à sa gauche, quand celui-ci avait à peine eu le temps de suivre cette double évolution dont il fut fasciné, Ascott lui rendit au même endroit le même coup.

Soit que le coup fût plus vigoureusement plaqué,

soit que le mulâtre eût oublié une des prudences ordinaires de ce pugilat infernal, dans l'aplatissement qu'il éprouva, le bout de sa langue fut coupé par ses propres dents; il écuma du sang; il cracha le bout de sa langue.

Deux hourras saluèrent cette seconde victoire d'Ascott, et cette fois rien au monde n'eût pu les étouffer, pas même les hurlements de la tempête et les cris d'horreur poussés par la plupart des femmes.

Samuel, malgré son effroyable blessure, retire son bras en arrière, le raccourcit; son avant-bras et son poing ne font plus qu'un angle inflexible. Rendant tout à coup à ce bélier de fer sa longueur naturelle, il le plonge droit dans la poitrine d'Ascott. Ascott, qui comprend, avec la clairvoyance du danger, l'impossibilité d'opposer une parade sérieuse à un pareil coup, n'en cherche aucune; mais continuant son système de représailles, il riposte parallèlement par une semblable agression : les deux coups sonnèrent avec la même violence dans le creux des deux poitrines; cela fit mal à entendre.

Immédiatement on vit la poitrine d'Ascott rougir, comme s'il eût passé deux heures dans un bain

brûlant; le sang y avait été appelé avec une rapi-
dité foudroyante et comme par la puissance d'une
machine pneumatique. Celle du mulâtre fut à l'instant même déformée : les arcades de ses côtes
parurent brisées comme les baleines d'un parapluie
sous l'effort d'un coup de vent; quelques-unes semblaient vouloir percer la peau. Et aucun bruit,
aucun soupir, aucune plainte, aucune angoisse,
aucun signe de souffrance; tout se passait en dedans.

Après avoir reçu cette redoutable contusion, qui
eût défoncé et dispersé les douelles de chêne d'un
tonneau, Samuel sourit doucement, à la manière
héroïque des Indiens quand on leur arrache le cœur
pour le faire rôtir sur le feu. « Il est mort, s'écrièrent ses amis et ses adversaires, il rit! — Pas
encore! » dit Samuel, en se jetant sur l'une des
deux haches d'abordage déposées près de lui et près
d'Ascott, qui exécuta le même mouvement, et qui
se trouva ainsi armé pareillement d'une hache
d'abordage.

La hache n'est pas l'arme du sang-froid, de l'habileté; de la courtoisie militaire, c'est l'arme de la
colère, du meurtre et du désespoir; c'est l'arme de
l'agonie. Il n'y a presque pas de parade possible

avec la hache, pas plus que contre l'éclair et le tonnerre. C'est un éclair d'acier.

Ascott, contre le système qu'il avait suivi jusqu'à ce moment, porta le premier coup; ce coup, dans ses résultats, fut étrange, bizarre et cruel; l'ironie et la fantaisie semblaient l'avoir conduit et guidé : le coupant de la hache ouvrit comiquement le nez du mulâtre, depuis la racine jusqu'à la base, en fendant, avec la même régularité moqueuse, les deux lèvres et le menton. Son masque devint bouffon et horrible à la fois sous cette ligne qui divisait sa face en deux profils. Son irritation s'accrut de l'hilarité sanguinaire qu'il excitait autour de lui. Sa main, jaune et convulsive, mais sûre malgré ses frémissements nerveux, se lève, se crispe; la hache brille et descend entre le revers de la tête et l'oreille d'Ascott; l'oreille tombe, le mulâtre la saisit toute chaude et l'avale. Il continue.

Il était impossible qu'un pareil combat durât longtemps.

Comprenant la nécessité d'en finir, les deux matelots du *Niagara* saisissent à deux mains leurs haches, les rejettent en arrière, le tranchant tourné du côté de la face ennemie, et ils se préparent mutuellement à se fendre comme deux billots de chêne. Les muscles de leurs jambes, de leurs bras, sont gros comme des nœuds de corde ; les deux haches partent, s'abattent à la fois, choc épouvantable ! elles se rencontrent et se brisent comme si elles eussent été l'une et l'autre en cristal.

« Assez ! assez ! criaient à la fois toutes ces femmes et tous ces cannibales qui regardaient avec tant d'émotions diverses, depuis une heure, ce combat horrible. Assez ! assez ! assez ! »

Proserpine elle-même, qui veut à tout prix la mort du mulâtre, dont elle redoute de devenir la proie s'il demeure vainqueur, Proserpine répète avec les autres : « Assez ! assez ! assez ! » Elle se jette au cou d'Ascott, l'enlace, l'étreint, pleure, le couvre, l'étouffe de baisers ; elle arrache le châle qu'elle a noué autour de sa ceinture et qu'elle a volé à madame Forster, et l'enroule autour de la tête meurtrie de son amant. Elle veut, elle exige que cet acharnement finisse : « Oui, redit-elle, assez ! assez ! assez !

— Non ! pas assez ! dit Ascott : ma mort ou la sienne.

— Ma mort ou la sienne », répète le mulâtre.

Et d'un commun mouvement, avec la même impulsion qui les avait fait se précipiter tous les deux sur les haches d'abordage, ils se jettent sur les deux mousquets disposés d'avance pour varier le spectacle de cet abominable duel.

Pendant quelques secondes, ils cherchèrent sur le pont la place d'où ils pourraient se viser sans blesser la foule terrifiée, qu'ils repoussaient, à droite et à gauche, devant et derrière, de la crosse de cuivre de leurs mousquets menaçants ; recherche inutile sur un vaisseau, sur un vaisseau criblé, pavé de têtes de bâbord à tribord, de la poupe à la proue.

Ils s'élancèrent, le mousquet dans la main gauche, sur les enfléchures, l'un du grand mât, l'autre du mât de misaine.

Où vont ces démons?

Ils sont déjà dans la région des airs, dans la région des vents, et les vents écartent leurs cheveux diaboliques, s'engouffrent dans leur caban et hérissent leur barbe sanglante.

Les voilà debout, l'un en face de l'autre, sur les vergues des huniers ; ils respirent un instant, une seconde, et ils reprennent leurs courses au zénith, ils se hissent vers le mât de perroquet, toujours s'accrochant d'une main, toujours tenant le mousquet de l'autre.

Enfin, Samuel et Ascott sont parvenus à la cime la plus déliée, celui-ci du mât de misaine, celui-là du grand mât.

Une minute après, ils apparaissaient, chose effrayante à contempler, et je frémis encore, moi, vieux marin, en vous le racontant, ils apparaissaient debout sur la pointe des mâts, n'étant retenus seulement dans cette position, qui me donne encore le vertige rien qu'à me la figurer, retenus seulement que par le frêle appui du fer de la girouette.

Les voilà s'inclinant, se relevant, s'inclinant encore, se relevant encore, à chaque mouvement des mâts que la tempête fait ployer, tourmente et flagelle.

Non! rien n'est comparable à ces deux fantômes, balancés à plus de cent pieds au-dessus de la mer hurlante au-dessous d'eux ; non! rien n'est comparable à ces deux êtres qui sont allés se haïr, s'exécrer et se maudire là où l'esprit de Dieu et le souffle des ouragans seuls se croisent ; non! rien n'est comparable à ces deux ennemis qui trouvent l'Océan trop étroit pour se livrer bataille, et prennent

l'immensité pour champ clos ; non ! rien n'est comparable à ce qu'ils vont faire, même après tout ce
qu'ils ont fait.

Dans cette attitude perpendiculaire à l'abîme, ils
se couchent en joue à la distance des deux mâts,
attendant l'occasion, dans ces mille secousses qui
les ballottent, de conquérir sur l'ouragan un équilibre fugitif, un temps de repos, si court qu'il soit,
qui leur permette de s'ajuster et de s'exterminer,
et cela sans ressource, car, mort ou blessé, celui
qui tombera de cette hauteur dans le gouffre y sera
descendu pour toujours.

« Non ! il ne sera pas dit, s'écria Proserpine,
lorsqu'elle se fut rendu compte du projet d'exter-
mination des deux adversaires, des deux hommes
que sa beauté avait réduits à cette grande folie de
vengeance, non ! il ne sera pas dit que nous les lais-
serons se massacrer ainsi... ce sont eux qui nous ont
délivrées... ce sont eux qui nous ont rachetées de la
prison et de l'exil... ce sont nos chefs... il faut que nous
les conservions... sauvons-les !... empêchons... »

Proserpine, qui ne parlait ainsi que parce qu'elle
avait fini par voir que le mulâtre était un adversaire
dangereux, invincible, s'était précipitée sur les

maître Gandolphe, qu'un pays où il n'y a que des
voleuses, des assassins, des empoisonneuses, des
filles perdues?

— C'est un des plus beaux pays de la terre.

— Ce n'est pas possible, maître Gandolphe.

— Cela est, mon ami; Sydney, Norfolk, Hobart-
Town sont des villes aussi honorables que les quartiers les plus honorables de Londres, de Vienne et
de Paris. Hobart-Town a tout le luxe de ces grandes
villes, à côté d'une réputation de probité digne d'être
universellement louée : Hobart-Town, cette ville
de convicts, ne compte pas deux assassinats par
année.

— Ah çà, mais comment s'y prend-on, maître
Gandolphe, pour transformer tous ces scélérats en
honnêtes gens et toutes ces coquines en bonnes
mères de famille?

— On s'y prend de plusieurs manières : par la
patience surtout, et d'abord on leur inspire cette
conviction que si leur repentir est sincère, leur
réhabilitation sera sincère aussi; et comme la considération n'est pas moins indispensable à la vie
morale que l'air à la vie physique, on leur rend à
tous avec le temps, après expiation, comme récom-

pense d'une bonne conduite, ce que tous regrettent et désirent en secret, à moins que ce ne soient des fous ou des monstres, et encore en guérit-on.

— Mais quand un condamné a fait son temps là-bas, par exemple, peut-il revenir en Angleterre?

— Rien n'empêche. Mais ceux qui sont nés dans ce bon et beau pays, ou qui y ont été amenés jeunes, aiment autant y rester toujours.

— Auras-tu bientôt fini toutes tes questions, pilotin? dit un matelot impatienté de cette leçon d'ethnographie; dites-nous plutôt, maître Gandolphe, ce qui arriva après la mort du mulâtre Samuel et la victoire du matelot Ascott.

— Faut-il vous le dire?

— N'allez-vous pas nous laisser en chemin? Je ne vois pas d'ailleurs ce qui peut tant nous effaroucher après ce que nous savons déjà. Ils se sont battus, ils se sont révoltés, ils se sont coupé la langue et les oreilles, ils se sont fusillés...

— Vous ne les avez pas encore vus à table !

— Grand festin donc après la victoire d'Ascott?

— Ah! oui, très-grand festin, trop grand festin. »

Maître Gandolphe s'essuya le front comme

l'homme qui éprouve, rien qu'en évoquant l'ombre de ses souvenirs, la fatigue d'autrefois.

« Non ! reprit-il enfin, il est impossible de vous figurer ce que ces matelots révoltés et ces femmes perdues, réduits dans le cours du voyage à la ration ordinaire, engloutirent de mets et de vin, car on mangea presque les plats.

Voici à peu près le menu de ce festin et l'ordre dans lequel les plats furent servis et nettoyés, passez-moi l'expression, elle est à peine juste :

Deux baquets de crème au chocolat.

Du bœuf rôti.

Trois rasades d'eau-de-vie.

Un plum-pudding gros comme la quille de notre brick.

Des œufs à la neige.

De la morue bouillie aux oignons.

Des fraises conservées.

Du maquereau à l'huile.

Trois rasades de rhum.

Des pommes au lait et aux pistaches.

Du porc salé.

Des conserves de cerises.

Du homard.

Du café au lait.

Du macaroni.

Trois rasades de rack.

Du pâté de thon.

Du pâté de lièvre.

Du jambon.

Des bavaroises.

Du vin de Champagne.

— Arrêtez-vous, maître Gandolphe, arrêtez-vous ! c'est à en avoir le vertige.

— Je l'avais aussi, le vertige. Pourtant ce n'est pas fini.

— Un plat d'honneur ! un plat d'honneur ! en l'honneur d'Ascott, vainqueur du mulâtre », dit Proserpine en désignant Ascott.

Tous crièrent, hommes et femmes :

« Oui ! oui ! oui ! un plat d'honneur pour Ascott. Mais quel sera ce plat d'honneur ?

— Voilà la difficulté.

— Pouvez-vous le dire ?

— Non ! non ! non !

— Dans ce cas, que le cambusier le dise.

— Oui ! le cambusier ! le cambusier ! voilà le cambusier !

— Cambusier, lui dit-on, pourrais-tu inventer un plat d'honneur, un plat qui sortît de toutes les règles ordinaires de la gastronomie, de tous les usages connus en cuisine, un plat comme on n'en a jamais vu, comme on n'en verra jamais? Réponds!

— Que voulez-vous que je réponde? dit tout tremblant l'infortuné cambusier; ce plat-là, je ne le connais pas... il n'existe pas.

— Crée-le, ou la mort.

— Eh bien! je vais essayer, mais à une condition...

— Laquelle?

— C'est que vous ne me forcerez pas d'en manger. »

On se consulta et l'on consentit.

« Soit, tu n'y goûteras pas, cambusier. »

Le cambusier, s'étant fait aussitôt apporter l'immense chaudière où l'on avait fait le punch pendant la lutte de Samuel et d'Ascott, y précipita de la crème, du bœuf rôti, de l'eau-de-vie, du gâteau aux amandes, du plum-pudding, des œufs à la neige, de la morue aux oignons, des fraises, du maquereau, du rhum, du porc salé, des cerises, du homard, du café au lait, du macaroni, du rack, du thon, du lièvre, du jambon, des bavaroises et du vin de Champagne. Et après cet horrible mélange, chaos qui aurait fait reculer d'effroi le Créateur lui-même s'il avait eu à le débrouiller, le cambusier dit : « C'est fait, servez-vous, cela se mange froid. »

Les plus hardis parmi ces coquins se consultèrent du regard avant de tâter de ce mets effrayant ; mais il était trop extravagant pour qu'il ne remplît pas leur but. Proserpine prit une immense cuiller à pot, et fit, de sa belle main de déesse, une distribution impartiale à chacun.

« Maître Gandolphe, dit le pilotin...

— Quoi! encore! répétèrent les matelots... qu'as-tu à demander à maître Gandolphe, pour l'interrompre ainsi?

— Laissez parler cet enfant, mes amis; voyons, que veux-tu savoir?

— Vous étiez de ce festin ?

— Sans doute.

— Avez-vous goûté à cette fricassée d'honneur?

— Eh! mon Dieu, oui !

— Eh bien, quel goût cela avait-il?

Tous les matelots écoutèrent.

« Ce n'était pas mauvais, répondit maître Gandolphe.

Tout se serait terminé comme dans une orgie,
sans une malheureuse idée qui passa par la tête
exaltée de Proserpine. On l'avait tout d'une voix
nommée reine du *Niagara :* Proserpine voulut
prouver et manifester sa puissance.

Voici cette idée de Proserpine : voyant que trop
souvent deux hommes, pendant le repas qui mena-
çait de n'avoir jamais de fin, se disputaient la même
femme, rivalité qui se terminait toujours par
quelque coup de couteau donné en dessous, elle
crut très-sage et d'une adroite politique de désigner une femme pour chaque homme, assortissant
les couples selon la couleur des cheveux, la nuance
du teint, d'après l'âge et quelques autres indica-
tions à sa fantaisie.

Outre que ces rapprochements, que ces mariages
à la minute, ne contentaient pas tous ceux qui en
étaient l'objet, il se produisit, à cette occasion, un
fait qu'elle n'avait pas prévu, que, d'ailleurs, personne n'avait prévu.

Tout partage fait, on découvrit qu'il y avait à
bord du *Niagara* vingt hommes de plus qu'il n'y

avait de femmes, et le résultat de cette malheureuse découverte fut que ces vingt hommes réclamèrent d'autorité vingt femmes ou une femme pour chacun d'eux.

Comment les satisfaire? comment leur livrer vingt femmes, sans provoquer à l'instant même vingt autres réclamations aussi justes, aussi impérieuses?

Il fallut enchaîner ces vingt hommes; leurs amis se plaignirent : ils voulurent s'opposer par la force à cet acte de sévérité. Despotique comme le sont toutes les reines, Proserpine, blessée dans sa souveraineté, ordonna que les vingt matelots fussent jetés à la mer. Il y eut des cris de malédiction. Proserpine se fit appuyer par ses femmes; celles-ci entraînèrent facilement quelques matelots... et cinq hommes, sur les vingt qui réclamaient des droits, sans doute immoraux, impossibles, mais incontestables, furent lancés par-dessus bord.

Dès ce moment Ascott et Proserpine eurent des ennemis déclarés, qui allaient d'heure en heure croître en nombre et en audace.

La fête n'en continua pas moins.

L'épisode des matelots noyés fut effacé par tant d'autres incidents, qu'on l'oublia; on l'oublia sous le poids de la satiété, sous l'accablement de la fatigue, sous le brouillard du sommeil qui gagna de place en place, comme une traînée d'opium, tous les acteurs stupéfiés de ce drame féroce, burlesque et grossièrement voluptueux.

Là, c'était un homme stupidement endormi sur les genoux chancelants d'une condamnée, assoupie elle-même; là, c'était une jeune femme, une nymphe de Newgate, qui ronflait, les lèvres violettes, la chevelure jetée à tous les vents, aux pieds d'un matelot penché sur elle.

L'ivresse, sous toutes ses formes, avait vaincu la révolte dans toutes ses cruautés.

Il courait des clartés lugubres à bord du *Niagara,* il s'élevait des silences qui donnaient le frisson; on entendait des gémissements confus, des cris nerveux qui sortaient par saccades et par intervalles de ce cercueil porté par le hasard, chargé de révolte, de rébellion, de souillures et d'abominations, allant vers les rives de l'inconnu.

Pendant sept jours et sept nuits, l'orgie immonde s'éveilla et s'assoupit ainsi de la même manière; ce fut vers la fin du septième jour qu'une diversion terrible éclata.

Avides de nouveautés, beaucoup de révoltés se lassèrent de la possession uniforme des mêmes femmes, et désirèrent pratiquer des échanges adultères avec les femmes des autres matelots, avec les femmes de ceux qui n'admettaient pas encore cette promiscuité.

Le sang coula ; il ne cessa plus de couler.

Nul parmi eux ne se crut en sûreté.

C'est à ce moment, et après l'un de ces mille engagements qui mettaient notre existence en question, qu'un soir je me sentis frapper doucement à l'épaule.

Je me retournai, et je vis la figure de l'Irlandais Preston, l'amant de Caroline Prior, dont je vous ai déjà raconté l'histoire. Preston avait eu ce jour-là à défendre non-seulement l'honneur, mais la vie de sa maîtresse, que trois matelots avaient essayé de lui enlever. Il en avait éventré un d'un coup de poignard ; mais il n'avait obtenu réellement le salut de Caroline Prior que par la rivalité des deux autres prétendants, qui ne s'étaient pas entendus sur la priorité d'une aussi belle prise de possession.

« J'ai à vous parler, me dit tout bas Preston.

— A moi ?

— A vous, maître Gandolphe ; soyez à onze heures ce soir sous le vent du grand foc ; j'ai une confidence à vous faire.

— J'y serai », lui dis-je.

Le soir venu, je ne manquai pas, comme vous le supposez bien, d'aller au rendez-vous.

« C'est vous, maître Gandolphe ? me demanda-t-il bien bas.

— Parlez, j'ai l'œil ouvert comme un sabord.

— Vous êtes Français et je suis Irlandais ; nous sommes Français tous les deux par la haine qui nous lie contre les Anglais. D'ailleurs, ces hommes ne sont plus Anglais, reprit Preston, ce ne sont plus même des hommes.

— Doucement, lui dis-je ; de qui parlez-vous en ce moment ?

— Des cent cinquante ou deux cents scélérats, me répondit-il, qui se sont emparés du *Niagara,* qui nous mangeront ces jours-ci quand ils n'auront plus rien à manger ; ce qui ne peut guère tarder d'arriver, au train dont ils y vont.

— Maintenant, je vous comprends à merveille. Vous voudriez les manger avant qu'ils nous mangent ; c'est prudent, mais c'est difficile ; ils sont de dure digestion. Nous ne sommes que deux, et ils sont deux cents!

— Je ne veux pas les manger, maître Gandolphe, mais échapper, si c'est possible, à leurs dents; me comprenez-vous mieux?

— Non; car si votre pensée est de fuir, j'aurai l'honneur de vous demander sur quelle voiture vous comptez vous embarquer.

— Sur celle-ci, sur le *Niagara :* ce soir, au coucher du soleil, continua Preston, j'ai vu la terre. Cette terre que j'ai aperçue gît là-bas, sous ce groupe d'étoiles; nous en sommes encore à vingt-cinq lieues; c'est une île : c'est Madagascar.

— Madagascar! et qui vous l'a dit?

— Carter, qui n'a cessé, dans son cachot, de faire ses calculs nautiques.

— Mais Carter, m'écriai-je avec toute sorte de raison, n'a pas pu diriger le vaisseau.

— Il l'a dirigé, vous vous trompez. »

J'ouvris encore plus les oreilles que je n'avais jusque-là ouvert les yeux pour m'assurer que personne ne viendrait nous surprendre. Il a dirigé, dites-vous, le vaisseau?

— Oui, le chef de la timonerie est à lui.

— C'est donc une conspiration?

— Oui, à quatre : moi, vous, Carter et le maître de timonerie, qui ne saurait être suspect à ces bandits, puisqu'il partage tous leurs excès, comme vous avez pu le voir.

— Je vous écoute : qu'allons-nous faire? que me proposez-vous?

— Le point de l'île où nous ne serons qu'à dix lieues, demain quand il fera jour, c'est *Louquez,* une des plus belles rades de Madagascar. Mais il faudra que nous quittions le vaisseau avant ce moment-là ; car il y a lieu de craindre que lorsque ces bandits seront en vue de la terre, ils ne forcent de voiles pour s'en éloigner. Alors notre projet...

— Quittons le vaisseau tout de suite : le vent pousse à la terre.

— Non, pas tout de suite, me dit Preston ; diable! vingt-cinq lieues dans une embarcation... j'emmène une femme avec moi... une jeune femme...

— Sa peau vaut mieux que la nôtre, vous avez raison.

— Gagnons, reprit Preston, gagnons le plus que nous pourrons sur ces vingt-cinq lieues; moins il nous restera à parcourir, et plus nous serons sûrs de la traversée. Du reste, quelques préparatifs sont encore indispensables.

— Oui, il faut que nous délivrions d'abord Carter.

— Carter reste ici, le maître de timonerie ne quittera pas non plus le vaisseau; il n'y a que vous, Caroline Prior et moi qui allons fuir. Arrivés à Louquez, nous nous adresserons à la station anglaise, qui est toujours à l'entrée de la rade; nous ferons notre déclaration à qui de droit, et un bâtiment de guerre viendra aussitôt s'emparer du *Niagara*.

— Difficile projet, murmurai-je, très-difficile!

— Aimez-vous mieux mourir? car vous serez tué, comptez-y!

— Je le sais. Mais je fais deux réflexions...

— Faites-les vite, me dit Preston, car il faut que le timonier soit prévenu de notre détermination irrévocable, afin qu'il vienne d'un quart au vent avant minuit.

— La première réflexion est celle-ci : Carter est votre ennemi; comment se fait-il qu'il soit l'âme d'un projet auquel vous êtes associé?

— Carter n'est plus un ennemi, c'est un loyal matelot égaré un instant; je l'ai vaincu, il s'est soumis; loi de guerre. Ensuite, Carter veut se venger d'Ascott, qui, devenu chef des révoltés, ne lui a pas fait rendre sa liberté, de peur sans doute de partager le pouvoir avec lui. Vite, l'autre réflexion.

— La voici : vous avez pris part à la révolte; et si les rebelles sont mis en jugement, vous le serez aussi... quel intérêt avez-vous à les dénoncer?

— Je serai acquitté d'avance, et qui plus est, récompensé, ainsi que Carter et le chef de timonerie, pour avoir abandonné la cause de ces scélérats, que je n'ai personnellement servie que pour délivrer ma maîtresse.

— Je suis prêt, dis-je à Preston, mes réflexions sont finies; à vos ordres!

— Dans quatre heures, me dit Preston à son tour, vous descendrez sans bruit dans le grand canot attaché aux bossoirs d'arrière; dans ce canot se trouvent déjà avirons, voiles, boussole et quelques provisions dont nous n'aurons guère besoin, je présume, car nous serons arrivés à Louquez en quelques heures ou bien nous n'y aborderons jamais; Caroline Prior vous y suivra déguisée en matelot; je la suivrai... Dieu fera le reste. Est-ce compris? »

Preston tira de son côté, moi du mien, et je le vis dire deux mots à l'oreille du chef de timonerie, qui lui répondit par un signe affirmatif.

« Je vous avoue, reprit maître Gandolphe, après une pause de quelques minutes, que les trois heures d'attente qui me séparaient de ce projet si périlleux me parurent diablement longues. Je n'osais pas respirer de peur de me trahir... Je regardais la mine mal endormie des gredins auxquels j'aurais affaire si nous ne réussissions pas : quels yeux! quelles têtes! quelles mains! et je les avais vus à l'œuvre. Mais c'était dit, promis, juré; plus à revenir.

La cloche sonne enfin ! le cœur me battait comme la cloche.

Le petit jour était venu; j'aperçois en effet la terre!... je descends, je me glisse dans le canot suspendu à l'arrière; je m'assieds en silence au fond, sur la voile; un jeune matelot ne tarde pas à me suivre, c'est Caroline Prior; elle me prend la main : comme elle tremblait! Je la fais asseoir près

de moi... Une troisième personne paraît, elle a
déjà mis un pied dans l'embarcation, je vais lâcher
les deux drisses que j'avais réunies dans mes mains...
un coup de pistolet part! il éveille tout le monde.
Nous étions perdus; le chef de timonerie nous
avait trahis; c'est lui qui venait de tirer le coup de
pistolet d'alarme.

On ne se donna pas la peine, continua maître
Gandolphe, de nous enchaîner ni de nous envoyer
à fond de cale avec l'état-major du *Niagara* et le
matelot Carter, qui avait tracé, le premier, le plan
de la conspiration; on nous traita d'une façon plus
expéditive.

Après avoir fait monter Carter sur le pont, et
nous avoir placés avec lui sur la dunette, 'on nous
signifia qu'on allait nous pendre. On fut aussi bref
que je vous le dis là.

Carter éleva aussitôt une réclamation, et je vis
alors que si une moitié des révoltés la rejeta sans
réflexion, pressée de jouir de notre supplice, l'autre
moitié (malheureusement ce n'était pas la plus
forte) l'admit, avec joie, d'un commun accord.

Se prévalant du titre de matelot de la marine
royale, Carter prétendit qu'on n'avait pas le droit

de le pendre, qu'il avait celui d'être fusillé.

Quant à moi, je ne prétendais rien, il me semblait fort indifférent de mourir d'une manière ou d'une autre, pourvu qu'on ne me fît pas trop souffrir. Je ne trouvai pas de contradicteurs.

Preston, lui, en sa qualité d'Irlandais et d'avocat, demanda à parler.

Les femmes, qui aiment toujours à entendre parler, engagèrent les révoltés à laisser s'expliquer Preston, et la parole lui fut accordée.

On suspendit pour quelques minutes toute réponse à la pétition de Carter.

Preston parla, et voici ce qu'il dit :

« Ma parole d'honneur! je vous trouve de plaisants drôles, d'aimables coquins, tous tant que vous êtes ici. Un jour, vous matelots du roi d'Angleterre, vous serviteurs de l'amirauté, vous payés par l'État, dont vous mangez le pain, il vous prend la fantaisie de vous révolter, de fouetter la femme du capitaine, de pendre à la grande vergue le second, de fourrer tout l'état-major dans les soutes ; et quand vous avez fait ces belles choses, il vous vient à l'idée d'en faire d'autres non moins belles : vous vous égorgez, vous buvez le rhum du capi-

taine, vous pillez de toutes mains les provisions,
vous vous permettez des actes qui ont fait quelquefois rougir la lune, vous vous emparez d'un vaisseau du roi, vous gardez des femmes qui appar-
tiennent, en toute propriété, à la justice; enfin
vous êtes des révoltés, s'il en fut jamais sous le
ciel! Il y a plus, vous vous faites gloire de votre
acte de rébellion, et aujourd'hui, à cette heure,
sur le vaisseau même de l'insurrection, vous,
insurgés, vous venez nous demander compte à nous
de notre conduite? vous venez nous traiter de
rebelles, vous rebelles; de révoltés, vous premiers
révoltés, insignes révoltés! Mais nous n'avons fait
que suivre votre exemple! Étai-t-il bon ou mauvais?
S'il était mauvais, vous vous condamnez avec nous; s'il
était bon à suivre, pourquoi nous condamnez-vous? »

Les matelots du *Niagara* ne savaient que répondre.
Preston reprit sans prendre haleine :

« Soyez ivrognes, soyez débauchés, soyez pirates,
soyez tout ce qu'il vous plaira, mais ne soyez pas
illogiques. Sortons, messieurs, des généralités, et
passons à une application toute personnelle, afin
de mieux nous pénétrer de la valeur de mon raisonnement. Moi qui vous parle, moi Preston, ex-

avocat en Irlande, à Dublin, ma patrie, je m'engage
par amour violent pour une jeune condamnée, je
m'engage comme matelot à bord du *Niagara :* me
voilà donc matelot, mauvais matelot, c'est possible,
mais enfin matelot. Il s'ourdit une vaste conspiration sur ce vaisseau où l'on veut aujourd'hui me
pendre : je suis un des chefs de cette conspiration ;
est-ce vrai? C'est vrai, rien n'est plus vrai. Cette
conspiration éclate, elle réussit; me voilà porté
aux nues : Preston par-ci, Preston par-là; Preston
est un bon compagnon, un brave matelot; l'avez-
vous dit, oui ou non? vous l'avez dit, vous l'avez
pensé; je prends acte et je poursuis : le même
Preston, qui avait droit à quelques égards, le
même Preston indigné de voir qu'on veut lui ravir
la seule femme qu'il ait aimée au monde, sa douce
et chère maîtresse, Caroline Prior, celle pour
qui il s'est déjà révolté une fois, veut se révolter
une seconde fois; il le tente, il ne réussit pas, et
vous élevez aussitôt la ridicule prétention de le
pendre. Allons donc! où est la différence, s'il vous
plaît, entre la première et la seconde rébellion?
il n'y en a pas; je me trompe; messieurs, il y en a
une, et la voici : écoutez! écoutez! Votre révolte a

11

coûté du sang, elle en a beaucoup fait répandre; je ne dis pas cela pour vous le reprocher; oh! non, mais pour le besoin sacré de notre cause et l'honneur de la vérité. Il fallait donc que je versasse du sang pour ne pas être coupable à vos yeux? voyez où conduit l'injustice, fille aînée du faux raisonnement! De quelque côté que vous vous tourniez, messieurs, vous ne trouverez jamais que des raisons pour nous acquitter, puisque vous vous êtes acquittés vous-mêmes, et pas un seul prétexte, je ne dis pas pour nous condamner, mais pour nous blâmer, car ce serait vous blâmer vous-mêmes. Soyez francs, messieurs, dans une question aussi franche; vous vous louez hautement, vous vous applaudissez de vous être révoltés; louez-nous donc, applaudissez-nous donc d'avoir tenté comme vous de nous révolter. J'attends vos éloges.

— A mort! » répliqua un matelot du *Niagara*, qui, n'admettant pas même qu'il eût entendu un seul mot du plaidoyer de Preston, passait tout de suite à la condamnation, et à la condamnation à mort.

Ce fut, du reste, l'avis de la généralité; pourtant je voyais dans les masses d'étranges dispositions; toutes ne nous étaient pas hostiles.

A ce moment, Carter ayant renouvelé sa demande de ne pas être pendu, mais fusillé, cette faveur lui fut immédiatement accordée ainsi qu'à nous tous : on chargea les armes, et l'on nous fit placer sur une seule ligne.

Preston fit signe qu'il avait encore quelque chose à dire ; tous n'étaient pas de l'opinion qu'il fallait le lui permettre, mais enfin il allait mourir, et un avocat qui va mourir a bien le droit de parler deux fois de suite.

Il se découvrit, s'agenouilla aux pieds de Caroline Prior, et d'une voix émue, il lui dit :

« Mademoiselle, Dieu m'est témoin que je voulais vivre pour vous rendre à l'honneur et à la considération du monde, d'un monde qui n'a pas compris votre dévouement comme vous avez compris le mien. Épris d'une tendresse infinie pour votre caractère, avant même d'être séduit par le grand charme de votre beauté, j'avais juré en moi-même de partager les douleurs et l'ignominie de votre exil, afin de veiller sur vous et de vous préserver du contact impur des femmes que la déportation allait vous donner pour compagnes. Je me considérais comme le bon jardinier qui ne veut pas se

séparer de la plante chérie élevée par ses soins.
Oui, chère Caroline, j'avais mis ma vie, mon intel-
ligence, mon amour, au service de cette pensée de
justice et de réparation. Je ne connais rien de beau,
de grand dans la vie, comme de refaire une nouvelle
existence, une nouvelle vertu, une nouvelle cou-
ronne à la femme déchue. Et ce que je dis pour
vous, chère innocente, chère et pure Caroline Prior,
je le dis aussi, et plus haut, pour vous toutes malheureuses créatures dont les passions des hommes
ont fait les vices et les vices des crimes. Ce n'est pas
vous qui devriez être ici, mais ceux qui vous y ont
conduites par le piége de leurs paroles et le miel
empoisonné de leurs promesses. Vous avez cru à
toutes les folies et à tous les mensonges de leurs
désirs; puis un jour ils se sont retirés doucement
d'entre vos bras, pendant votre ivresse et pendant
votre sommeil; et quand vous vous êtes éveillées,
vous avez trouvé à leur place le vol aux regards fur-
tifs, la débauche aux lèvres fanées, l'infanticide et
tous les crimes qui accompagnent la misère et la plus
affreuse de toutes les misères, mon Dieu! la misère
qui a aimé, la misère qui a entrevu le ciel. Je vous
connais! vous n'êtes pas sincères dans votre objec-

tion, dans l'étalage de vos vices; non, vous n'êtes pas sincères! vous criez bien haut votre immoralité pour empêcher qu'on entende les murmures et les tristes reproches de votre conscience. N'est-ce pas qu'il y a un coin sacré dans votre âme de boue où s'élève la fleur parfumée de l'âge sans tache? Vous voyez la maison blanche où vous êtes née, la table de chêne où vous preniez le repas de chaque soir béni par votre père! la petite fleur qui vous aimait de toutes ses petites feuilles et de tous ses petits parfums. Eh bien, ceci est ce qui vous tue et ce qui vous sauve! c'est le cri immortel, impérissable, céleste, divin de votre conscience, c'est cette lumière, affaiblie parfois, jamais éteinte, que Dieu a allumée dans le cœur de la première femme, et dont la lueur ira jusqu'à la dernière femme. Ceci prouve que vous n'êtes pas sincères, je vous l'ai dit, dans l'orgueil de votre abjection; oui, vous en avez peur; oui, elle vous fait horreur; oui, vous vous faites pitié à vous-mêmes, et c'est pour cacher cette faiblesse que vous vous faites fausses, méchantes, cruelles, viles, abominables. Je ne vous crois pas! et du haut de mon échafaud je vous proclame toutes en Jésus-Christ mes sœurs et mes filles, et je vous adresse à toutes toutes mes larmes et tous mes pardons. »

Il régnait un silence immense, universel, sur le *Niagara ;* beaucoup de condamnées, à genoux, la tête pressée dans leurs mains, répandaient des pleurs qu'on voyait couler à travers leurs doigts.

Je crus toucher au moment, fort peu prévu, où l'on allait proclamer notre délivrance; les matelots étaient indécis, les condamnées leur parlaient bas ; les mousquets semblaient tomber des mains chargées de nous fusiller.

Malheureusement la voix qui avait crié deux fois : « A mort! » cria pareillement : « A mort! » quand Preston eut fini de parler. La clémence effrayée s'envola; la vengeance revint ailes déployées, et presque tous les ennemis de Carter répétèrent : « A mort! à mort! à mort! »

Moi, qui n'avais rien à dire, je bourrai ma pipe, et je l'allumai en attendant la fusillade.

Les mousquets furent armés.

Nous allions mourir.

Carter ôta, à ce moment suprême, son gros bonnet de laine gris, et d'une voix ferme et sonore il se mit à chanter : *God ! save the king !* « Dieu! sauve le roi ! » A ce chant sublime, qui contient toute la patrie, comme une essence renferme mille parfums, et ces mille parfums tous les jardins embaumés d'une contrée; à ce chant, tous ces brigands et toutes ces prostituées entonnèrent : *God save the king!* Cette grande et magnifique chose, la patrie dans la royauté! n'était pas morte dans leur cœur mort. L'air fut ému, ébranlé de ce cantique national. Le premier couplet n'était pas fini, qu'Ascott s'écria : « Voile! navire! il vient sur nous! »

On nous oublia un instant pour ne s'occuper que du navire aperçu à l'horizon, à trois lieues à peine.

Quel est ce navire et que nous veut-il? chaude et bruyante question que tous se faisaient, les uns avec un vif intérêt, les autres avec quelque crainte.

« C'est un navire marchand qui sort de cette île, — peu savaient encore que c'était Madagascar; — il est sans doute chargé de riches marchandises, et nous le pillerons. Voulez-vous le pillage? qui veut le pillage? »

Et tous répondirent :

« Nous voulons le pillage! le pillage! le pillage!

— Mais si vous voulez le pillage, leur dit Ascott,

vous voulez aussi le combat, car il se défendra sans doute; il est de taille à cela.

— Nous voulons aussi le combat; qu'avons-nous à faire de mieux? Tous les ports nous sont fermés, il n'y a plus de refuge que la mer pour nous. Donc, que la mer nous fasse des rentes ou soit notre tombe.

— Les armes sur le pont! » cria Ascott.

Les armes furent aussitôt apportées et mises en tas sur le pont.

« Qu'on dégage les canons! » dit encore Ascott.

Et les canons furent dégagés; on démasqua les sabords, on visita les poudres.

« Oui, mais que ferons-nous des femmes? demanda une troisième fois le chef.

— Les femmes se battront, répliqua Proserpine, elles donneront l'exemple aux hommes. »

Ascott prit Proserpine dans ses bras, et il s'écria en la montrant aux révoltés : « Vous l'avez entendue? »

Ce mouvement, plus galant qu'héroïque, froissa une grande partie des révoltés, déjà, je vous l'ai dit, profondément blessés de l'autorité trop absolue d'Ascott et de la tyrannie de Proserpine. Ce sourd mécontentement grossi de jour en jour et pour ainsi dire d'heure en heure, prit des proportions effrayantes lorsque Ascott, qui voulait se débarrasser de Carter avant d'engager le combat avec le gros navire, qui courait toujours à pleines voiles sur nous, s'écria : « Apprêtez armes ! » et qu'en nous désignant il ajouta : « Feu ! »

Il n'achevait pas ce commandement de mort, que vingt piques, s'abattant horizontalement et à la fois sur les canons des mousquets, les dispersèrent sur le pont, et que cent mains de fer les saisirent pour les jeter ensuite à la mer brisés et tordus. Cette nouvelle rébellion dans la rébellion se fit aux cris de : « Mort à Ascott ! mort à Proserpine ! vive Carter ! vive ! vive Carter ! »

Voilà donc la moitié de l'équipage du *Niagara* en guerre ouverte, en guerre acharnée avec l'autre moitié.

Le navire sorti de Madagascar venait toujours sur nous.

Jusqu'ici les collisions, les luttes n'avaient été que partielles, d'homme à homme, sur le vaisseau révolté : c'étaient plutôt des duels que des engagements généraux.

Les choses changeaient tout à coup de face : le signal de la mêlée, et elle allait être horrible, fut donné par un matelot du parti de Carter. Il enleva d'un coup de hache le bras entier d'un matelot du parti d'Ascott.

A l'instant même, toutes les armes qui avaient été apportées sur le pont pour attaquer le navire dont nous devenions visiblement, de plus en plus, le but à atteindre, furent saisies avec frénésie par les deux fractions de l'équipage et se heurtèrent dans leurs mains. Les condamnées ne furent pas les dernières à s'en emparer. Elles devinrent en leur pouvoir cent fois plus meurtrières; leurs coups, maladroits, mais cruels, tombaient aveuglément; elles ne blessaient pas, non! elles estropiaient; elles ne tuaient pas, non! elles exterminaient. Les coups de hache donnés au hasard, les coups de mousquet à brûle-pourpoint, les coups de carabine en plein visage, les coups d'épée, les coups de sabre piqués en pleine chair, les coups de tromblon à bout portant, se croisaient, se mêlaient avec des sifflements, des pétillements, des éclairs, des explosions continues; scènes de carnage sur lesquelles planaient des fumées blanches, rousses et noires; toutes

choses qui se résolvaient par du sang, du sang qui
s'épanchait lentement, mais sans tarir, par les
dalots, et allait empourprer les vagues qui le
buvaient. Qui était vainqueur? qui était vaincu? la
mort seule pouvait le dire, et la mort ne parlait pas;
elle tuait en silence, vite, de tous côtés; prenait
des cadavres à brassées, par gerbes faites d'hommes
et de femmes, et les envoyait à la mer.

Un instant, les deux redoutables chefs se virent
face à face; ils se toisaient déjà avec un de ces
regards qui prennent la mesure du cercueil d'un
homme, lorsqu'un boulet, passant au milieu d'eux,
coupa en deux leur menace.

« C'est un navire de guerre! cria Ascott; nous
sommes perdus, navire de guerre! »

Et au même instant, le navire qui nous donnait
la chasse depuis trois heures, ouvrant l'œil sanglant
de ses sabords, nous lâcha une bordée à mitraille
qui nous aveugla. Vingt-trois révoltés restèrent sur
place.

« C'est une frégate! dit Ascott; mettons toutes
les voiles dehors, échappons-lui, ou bien nous
sommes pris, et pris, nous sommes pendus! Résis-
ter, c'est folie! »

Oh! je n'ai rien vu de pareil, mes enfants, dit
maître Gandolphe, et vous ne verrez probablement
rien de pareil dans votre vie navale : nous n'étions
plus qu'une montagne de toiles gonflées de vent :
les mâts s'inclinaient à se rompre, les cordages se
tendaient et cassaient l'un après l'autre comme des
cordes de violon ; le vaisseau, trop faible pour tant
d'impulsion, entrait dans l'eau jusqu'au ventre; les
bordages n'étaient plus retenus par les clous, ils
s'ouvraient; c'était beau et effrayant à voir, cette
course extravagante que nous faisions tout en rece-
vant, par le dos ou par les flancs, tantôt des grappes
de boulets et tantôt des poignées de mitraille, car
la frégate allait aussi vite que nous.

« Chef! cria un gabier, nous allons sombrer si
vous ne retirez pas quelques voiles.

— Ajoutez encore vingt voiles, cria Ascott.

— Mais nous coulerons!

— Coulez! » répondit Ascott.

Carter avait pris le commandement de tous ceux
qui s'étaient déclarés pour lui.

L'Irlandais Preston avait fait asseoir tranquillement à ses pieds Caroline Prior, et il abattait, d'un
large revers de sabre, chaque partisan d'Ascott qui

tentait d'approcher d'elle pour la regarder de trop près.

« Et vous, maître Gandolphe ?

— Oh ! moi...

— Voyons, que faisiez-vous ?...

— Eh bien, moi, faut-il vous le dire ? j'étais heureux de ce qui se passait : des Anglais échignaient des Anglais, c'était tout profit ; le diable riait, je faisais comme le diable, je riais.

— Et vous n'avez pas tiré un tout petit coup d mousquet ?... rien ?...

— Je ne dis pas...

— Si ! dites-nous... papa Gandolphe.

— Vous vous rappelez ce gredin de timonier qui nous avait trahis au moment où nous quittions le *Niagara ?*

— Oui, oui, oui !

— Je pris une barre de fer, et je lui brisai la barre du cou. Voilà !

— Allons donc ! »

Ascott, qui était un excellent marin, ne se faisait pas de bien fortes illusions sur l'espoir et l'ambition du *Niagara* d'échapper à la poursuite de la frégate. Mais comme il y allait non-seulement de la vie de ses compagnons, mais aussi de la sienne et de celle de Proserpine, il tenta tous les moyens d'accélération pour échapper au sort qui les attendait tous. Aucun cri ne sortait du vaisseau de guerre; les manœuvres étaient exécutées avec un ordre et une harmonie admirables.

Quoique la frégate allât très-vite, elle ne gagnait pas énormément sur la marche du *Niagara*. Cependant il était facile de prévoir le moment fatal où elle pourrait jeter les grappins sur lui. La seule voie de salut qui lui était laissée, c'était d'éviter jusqu'à la nuit d'être pris par la frégate. Une fois la nuit venue, il aurait changé de route, et la mer est une forêt sans arbres, une forêt où aucun poteau n'indique les routes de l'infini. Mais pour cela, il fallait aller encore plus vite, beaucoup plus vite.

« A la mer les canons ! » ordonna d'abord Ascott.

Les canons arrachés à leur affût furent poussés dans la mer.

L'avantage obtenu par ce sacrifice fut sensible, mais pas assez grand, toutefois, pour qu'on fût sûr de ne pas être atteint par la frégate.

Il fallut recourir à d'autres sacrifices.

« A la mer toutes les barriques d'eau ! cria Ascott.

— Mais, Ascott, fit alors observer Thompson, qui depuis longtemps n'avait rien dit, vous n'y songez pas ! si vous jetez l'eau douce à la mer, demain nous mourrons de soif.

— Il n'y aura pas de demain pour nous, lieutenant, répondit Ascott, si nous sommes griffés par ce vautour qui fond sur nous depuis ce matin.

— Mais, Ascott...

— Taisez-vous, mon lieutenant !

— Inutile ! dit ensuite tout bas Ascott, avec tout le souci de l'immense responsabilité qu'il avait assumée sur lui, encore inutile ! répétait-il en se promenant sur le pont : la frégate a toujours l'avance sur nous. Que faut-il faire ? demanda-t-il enfin tout haut à ses compagnons de révolte. Je vous répète que la résistance à la frégate serait une plaisanterie ; d'ailleurs, nous n'avons plus de canons. Consultez-vous, que faut-il faire ?

— Renonce au commandement et confie-le à Carter », dit une voix, parmi les partisans de ce dernier.

Ascott, à ces paroles, pâlit jusqu'aux lèvres ; on

proposait de le remplacer, au moment du danger, par son rival! double déshonneur!

« Je refuse, moi! » dit Carter.

Cette réponse de Carter lui fut sans doute inspirée du ciel, car elle lui valut plus tard, ainsi qu'à presque tous ses partisans, un avantage, dont je n'ai pas besoin de parler encore, mais immense.

Ascott redemanda une seconde fois : « Que faut-il faire? hâtez-vous! hâtez-vous! le péril presse. »

Il n'avait pas achevé sa question, qu'un boulet rouge traversa le pont dans toute sa longueur, et courut trouer et enflammer le grand foc avant d'aller s'éteindre dans la mer.

« Ils nous envoient du feu! cria Ascott, que ce boulet irrita et exaspéra, comme un soufflet sur la joue; eh bien! rendons-leur du feu! Je vous propose de faire sauter le *Niagara* avant de le livrer aux infâmes habits rouges. Le voulez-vous? »

Tous répondirent : « Oui! oui! oui! »

« C'est moi qui aurai l'honneur de faire sauter le *Niagara*, dit Ascott : qu'on m'apporte une torche! Lieutenant, dit-il ensuite ironiquement à Thompson, lieutenant, couchez cela sur votre rapport.

— C'est déjà fait, répondit Thompson, qui lut à

haute voix la phrase de son rapport, ainsi conçue :

« Vent S.-S.-O. — Brise fraîche. — Nous sommes poursuivis par une frégate qui vient de nous envoyer un boulet rouge. — Ascott, pour éviter d'être pris, va faire sauter le *Niagara,* en mettant le feu à la sainte-barbe. — L'équipage continue à jouir d'une parfaite santé. »

On apporta à Ascott une torche de résine enflammée.

L'idée atroce de faire sauter le *Niagara* avait jeté l'épouvante parmi les condamnées ; elles supplièrent Ascott de renoncer à son terrible projet ; Ascott ne les écoutait pas.

Ascott, qui ne savait que trop le sort qui l'attendait dans quelques minutes, ne quittait pas du regard cette redoutable et impassible frégate, dont il ne fallait plus compter désormais amuser la vitesse.

Elle arrivait, elle arrivait, elle arrivait sur eux ; elle venait sur le *Niagara* comme un véritable oiseau de proie. Elle s'était si rapprochée qu'on distinguait parfaitement les hommes qui la montaient ; encore quelques minutes, et l'on entendrait leurs voix.

Les condamnées redoublèrent leurs prières ; elles

pressaient les mains, elles embrassaient le front de
bronze d'Ascott. Au moment où elles croyaient
peut-être l'avoir attendri, un second boulet rouge
coupa la tête de Proserpine. Le tronc de cette magnifique dépravation tomba mutilé à quelques pas de
l'espace où les condamnées cernaient Ascott de leurs
frayeurs, de leurs caresses et de leurs lamentations.

Dans les yeux d'Ascott, on put voir à l'instant
même qu'il devenait fou : « Place ! cria-t-il, place ! »
Et il se fit lui-même cette place qu'il demandait, en
passant comme un taureau furieux sur le corps des
condamnées, qu'il renversa et coucha comme des
épis de blé. Il prit, dans le bras qui ne tenait pas
la torche, le corps sanglant, le corps sans tête de
Proserpine, et il ne quitta plus ce tronçon horrible
et adoré. Il le pressait étroitement contre son cœur,
cherchant encore, dans son aveugle égarement, à
donner des baisers à cette tête absente. Il était fou,
vous ai-je dit. La torche, mal assurée dans sa main,
jetait des langues de flamme rougeâtre et une pluie
d'étincelles sur ses cheveux et sur ses joues livides,
pâles et en sueur. Il ne sentait rien ; il avait déjà
posé un pied sur l'échelle qui conduisait à la sainte-
barbe.

Preston l'arrêta :

« Que me voulez-vous? demanda-t-il à Preston; ce cadavre, vous ne l'aurez pas! non, vous ne l'aurez pas!

— Ascott, lui dit Preston, je ne m'oppose pas à votre projet de faire sauter le *Niagara*.

— Je voudrais bien voir que quelqu'un s'y opposât!

— Ascott, répéta Preston, je ne m'oppose pas à votre projet de faire sauter le *Niagara;* mais je crois qu'il serait honnête et loyal, avant de nous faire sauter, de prévenir les officiers prisonniers dans la cale, afin qu'ils eussent au moins le temps de recommander leur âme à Dieu. »

Ascott venait d'éprouver la plus forte souffrance qu'il soit donné à l'homme de ressentir; il venait de voir mourir la femme qu'il aimait. La pitié et la piété, ces deux sœurs qui ont presque le même nom, entrèrent dans son âme par la porte de la douleur.

« Prévenez-les, répondit-il à Preston d'un air égaré; mais je vous préviens, à mon tour, que le temps, si court qu'il soit, que va nous prendre cette démarche auprès de l'état-major, nous mettra sous le beaupré de la frégate.

— Je l'espère bien, répondit Preston.

— Comment! vous l'espérez bien! dit Ascott, étonné de cette réponse.

— Mais sans doute; si nous sommes sous son beaupré lorsque nous sauterons, la frégate et le *Niagara* sauteront ensemble.

— Quelle idée! s'écria Ascott; vous dites vrai; laissons-la s'approcher de nous le plus possible. Mais allez! Preston, je vous attends. Je vous donne cinq minutes, rien que cinq minutes, entendez-vous? nous n'avons plus que cinq minutes pour que la frégate nous heurte et nous broie sous son ventre de cuivre; la sixième minute, si nous allons jusque-là, la sixième minute verra nos débris et les siens se choquer dans les airs. Mais allez! allez, Preston! »

Et Ascott embrassa encore le tronçon qu'il n'avait pas quitté, et il s'essuya ensuite les lèvres avec un geste qui rappela ces sombres créations de Dante dans les drames de son *Enfer*.

Preston, avant de descendre dans la cale, se retourna vers les condamnées qui se pressaient les unes contre les autres, en tremblant, comme si elles avaient éprouvé un grand froid et comme des brebis à l'entrée de l'abattoir, et il leur dit, avec cet accent qui avait déjà trouvé le chemin de leur cœur :

« Mes sœurs, vous aurez paru devant Dieu avant que cet anneau, que je jette à la mer, ait touché le fond ; voulez-vous être pardonnées par lui ?

— Oh ! oui, oui, oui, crièrent, du fond de leur âme, toutes ces infortunées.

— Alors, commencez par vous pardonner les unes aux autres ; repentez-vous sincèrement, cordialement, fermement, et confessez tout haut votre foi. Faites cela, et, je vous le jure, vous serez sauvées. »

Comme presque toutes ces malheureuses créatures étaient catholiques, étant presque toutes Irlandaises, après s'être jetées dans les bras l'une de l'autre en pleurant et en gémissant — chose affreuse à dire, beaucoup de mères serraient leurs filles contre leur cœur dans ce moment, — elles récitèrent à voix haute, solennelle et brisée : « Je crois en Dieu, le père tout-puissant, créateur du ciel et de la terre !... »

La frégate couvrait déjà de l'ombre de ses grandes voiles le corps du *Niagara*. Preston remonte ; son œuvre de piété était finie. Ascott descendit ; son œuvre de destruction allait commencer.

Pendant le temps, presque inappréciable, que mit Ascott à descendre dans le caveau où sont les poudres, placées les unes dans des caissons, les autres dans des barils, la frégate, qui n'était plus qu'à une portée de pistolet, vint au vent, manœuvre qui consiste à opposer son propre flanc au flanc du navire pourchassé, et dans cette position, quand elle se trouva exactement par le travers du *Niagara,* elle lui lâcha, en arborant du même coup le pavillon britannique, toute sa bordée, accompagnée d'une décharge de mousqueterie. Boulets, balles et mitraille rasèrent le pont des révoltés ; cette attaque terrible, qui resta sans riposte, fit un ravage épouvantable ; des paquets de cadavres s'amoncelèrent, des bras et des visages mutilés implorèrent la miséricorde inflexible des agresseurs.

A ce moment, Ascott reparut sur le pont ; il tenait toujours le cadavre de Proserpine. En le voyant, les condamnées, dont l'imagination était frappée, crurent que le *Niagara* sautait : toutes crurent entendre le craquement sinistre, et poussèrent ensemble un cri d'agonie. Quel cri !

L'hallucination fut générale.

Caroline Prior s'était jetée au cou de Preston pour

mourir avec lui; elle l'enlaçait de ses deux bras convulsifs.

Plus de vingt de ces malheureuses, sous le coup de l'épouvante, se précipitèrent dans la mer afin d'éviter d'être tuées par l'explosion.

Ascott, égaré, fou, terrible de rage et de démence, s'approcha de Preston et le regarda : ce regard était deux poignards. Preston répondit à cette menace muette par un long éclat de rire.

« C'est donc toi! lui dit Ascott, c'est donc toi qui as noyé les poudres? je n'ai plus trouvé que de l'eau!...

— Regarde! lui dit Preston : le *Niagara,* au lieu de brûler, descend dans la mer; aidé de Carter, j'ai crevé, en deux coups de pince, un bordage, et la mer est entrée; les poudres sont submergées; la mer entre dans la cale. Nous coulons! nous coulons, Ascott!

— Rendez-vous! tas de brigands! criaient les matelots du *Camelion,* — c'est le nom que portait la frégate qui venait de nous frotter si bien les oreilles; — rendez-vous, ou vous êtes tous morts! »

L'injonction était inutile; le *Niagara* n'opposait

aucune défense; d'ailleurs, il disparaissait à vue d'œil dans la mer.

Nous nous rendîmes.

Les rebelles furent enchaînés deux à deux et aussitôt transportés sur le *Camelion;* les femmes furent également transbordées, mais sans violence.

Quant à Preston, à Carter, à ses partisans et à moi, il ne nous fut fait aucun mal; seulement, comme nous étions suspects, on nous traita en prisonniers jusqu'à Hobart-Town, où nous devions tous passer devant un conseil de guerre.

Les officiers furent immédiatement rendus à la liberté.

« Voilà, mes amis, la fin de ma troisième diane et de l'histoire du *Niagara,* dit, baissant de ton, maître Gandolphe.

— Mais ce n'est pas la fin des fins, dit le pilotin, qui, cette fois, se trouva d'accord avec les matelots pour demander indirectement à maître Gandolphe le dénoûment sérieux et réel de la révolte du *Niagara.*

— Ah! très-bien, reprit-il; vous voulez savoir ce qui se passa à Hobart-Town, cette capitale de la Nouvelle-Galle?

— Oui, maître Gandolphe.

— On nous mit tous en jugement. L'affaire dura bien deux mois, et voici l'arrêt qui intervint : quarante-trois matelots furent pendus ; vingt-six furent condamnés à rester sur la colonie où ils n'avaient pas voulu conduire les autres ; treize furent condamnés à des peines moins fortes. On considéra les femmes comme ayant agi sans discernement ; elles subirent tout simplement les peines auxquelles elles avaient été condamnées en Angleterre.

— Et Carter ? demandèrent avec une vive curiosité les matelots.

— Carter fut condamné à être pendu.

— Pendu ! lui ! mais les juges avaient donc oublié le service qu'il avait voulu rendre en livrant le *Niagara* à la station navale de Madagascar ? interrompit un matelot, écho de l'opinion de tous les autres.

— Patience, reprit maître Gandolphe ; condamné à être pendu, Carter, dans la même audience, vit sa peine commuée en une prison perpétuelle.

— C'est aussi injuste, interrompirent encore les auditeurs de maître Gandolphe.

— Mais laissez-moi donc achever !

— Achevez... mais toujours est-il...

— Cette seconde peine fut réduite à la simple dégradation.

— Mais c'est cent mille fois trop d'injustice encore.

— Puisque vous ne voulez pas me laisser achever...

— Tout ce que vous direz...

— Cette dégradation prononcée, poursuivit maître Gandolphe, on nomma, séance tenante, Carter maître d'équipage du *Camelion*.

— Vivat! vivat! crièrent, en battant des mains, les matelots de la *Coquette d'Ajaccio*. Vivat !

— Et Ascott?

— Et Caroline Prior?

— Et Preston?

— Et vous ?

— Ascott, répondit maître Gandolphe, fut enfermé dans la maison des fous de Sidney; il croyait toujours tenir entre ses bras le tronc décapité de Proserpine. Preston fut nommé juge de la cour de vice-amirauté [1] ; il épousa presque immé-

---

[1] Il y a cinq cours ou tribunaux dans la Nouvelle-Hollande : la cour de vice-amirauté, la cour de justice criminelle, la cour du gouverneur, la cour suprême et la haute cour d'appel : *high court of appeal*.

diatement, — je l'ai su, puisque je me trouvais encore sur la colonie, — Caroline Prior, qui fut dotée par la femme du gouverneur, lady Philipp. Toute la ville assista à cet heureux mariage. Je n'ai pas besoin de vous dire que Caroline Prior, quoique non graciée encore, car il n'y a que le roi qui puisse remettre absolument la peine, fut considérée par les habitants comme elle avait droit de l'être.

— Et vous, maître Gandolphe?

— Moi, je quittai, un an après, la colonie, et m'embarquai comme matelot sur un trois-mâts qui faisait voile pour Boston; de Boston je revins, deux ans après, en Europe pour être encore matelot. Cette fois, c'est bien fini, mes enfants, très-fini.

— Déjà! » dit le pilotin.

COMMENT

ON SE DÉBARRASSE D'UNE MAITRESSE

I

La foule venait de rentrer dans la salle, le foyer de l'Opéra était désert. Aucun provincial n'était resté pour admirer les arabesques d'or, afin de rendre compte à ses amis du département. On allait jouer le dernier acte d'un ballet; comment perdre la pirouette du dénoûment sans perdre à la fois tout l'intérêt des actes précédents? Chacun donc avait repris sa place, au grand contentement des ouvreuses, empressées de renouer leur dernier sommeil aux trois ou quatre sommeils interrompus de leur soirée. Cette heure avancée est pleine de charmes pour les vrais habitués de l'Opéra ; leur digestion est faite, ils ont rempli leurs oreilles de la ration d'harmonie dont l'usage leur a fait un besoin, et contenté leur regard paresseux d'autant d'entrechats qu'il leur en faut pour rentrer chez eux sans remords. C'est le moment où les conteurs du foyer se groupent, l'hiver, auprès de l'une des deux vastes cheminées pour échanger les nouvelles en circulation depuis la clôture de la Bourse. Heureux qui apporte une banqueroute inédite ! le succès ou la chute d'un ouvrage représenté à un autre théâtre ! un changement de ministère ! une déclaration de guerre ! A défaut de ces grands événements, que le *Moniteur* du lendemain ne confirme pas toujours, on se borne à dire beaucoup de mal du directeur de l'Opéra. Il n'y a si fine médisance qui vaille celle qui porte sur le maître de la maison.

Ce soir-là, par extraordinaire, il n'y avait que deux jeunes gens au foyer. Après avoir enlevé, pour ainsi dire, l'étain de la glace de la cheminée, à force de la consulter sur le nœud de leurs cravates, la coupe de leurs habits et le choix de leurs gilets ; après avoir torturé leurs favoris et mâché leurs

moustaches, ils s'étaient laissé aller de tout le poids
de leur désœuvrement sur deux fauteuils. Leurs
quatre fines chaussures décoraient le garde-feu, et
leurs têtes ennuyées s'étaient creusé un trou moelleux dans le dos des fauteuils. Si les lézards avaient
des jambes et des bottes, ils ne prendraient pas
d'autre attitude. Je ne blâme pas. Il faut, même en
ennui, du bon sens et de l'art. Tout le monde ne
sait pas s'ennuyer. Un grand roi était celui qui disait
à Cinq-Mars : « Mon mignon, viens avec moi à la
croisée, et ennuyons-nous, ennuyons-nous bien. »

— Anatole, dit enfin un ennuyé à l'autre, as-tu
toujours ton rat?

— Ma foi, non! je l'ai abandonné à son malheureux sort.

— Ah! tu n'as plus ton rat?

Et après cette haute communication de pensées,
les deux amis avaient continué à faire rôtir leurs
bottes et à enfoncer un peu plus leurs têtes dans le
dos des fauteuils. Ils se reposaient de leur long
effort d'esprit.

Au bout d'une demi-heure, celui qui n'avait plus
son rat dit à l'autre :

— Et comment se porte ta panthère?

— Je l'ai lâchée.

— Ta parole d'honneur?

— Ma parole d'honneur. Mais, dis-moi, pourquoi n'as-tu plus ton rat?

—Figure-toi, répondit Anatole à Stephen, qu'elle s'était mis en tête de danser un pas. C'est leur rage à toutes, tu sais. Je lui avais promis son pas, pour en finir. Ma promesse n'était pas tombée dans l'eau. Quand j'entrais : « As-tu songé à mon pas? » Quand je sortais : « Mon ami, ne va pas oublier mon pas! » La prière se changea en persécution. En rêvant elle parlait de son pas. « Je veux mon pas! criait-elle; tout le monde en obtient excepté moi. C'est avilissant. Va trouver le directeur, va trouver les journalistes, il me faut mon pas ou la mort! »

— Quel infernal rat!

— Infernal rat, comme tu dis. Enfin je fis mettre dans les journaux : « Mademoiselle Florence est trop négligée vraiment; sa place n'est pas dans le corps du ballet; elle a des droits à se montrer au premier rang. » « Voilà que l'on commence à me rendre justice », dit-elle effrontément, feignant d'oublier que cet acte de justice me coûtait six cents francs.

— Eh bien! c'est fini.

— Ah! oui, fini. Le maître de ballets n'a jamais voulu lui régler un pas. Il disait qu'il aimait mieux en créer un pour l'obélisque. Je lui rapportai la réponse.

— Et comment la prit-elle?

— Fort mal. Nous avons résilié le bail, qui n'était pas emphytéotique, grâce au ciel. Je crois qu'elle a embrassé le notariat. Elle a cinq cents francs par mois et les cadeaux.

— Pas forts sur les cadeaux, les notaires. A mon tour, je t'apprendrai ce qu'est devenue ma panthère.

— C'est ça, Stephen, parlons-en.

— Elle ne me tannait pas pour un pas, elle.

— Elle voulait débuter aux boulevards. M'a-t-elle amusé avec ses tirades de *Richard d'Arlington*, au souper que nous donna Minette! tu te souviens, Stephen?

— Te voilà au courant. J'avais beau lui dire qu'on ne débute pas à vingt-neuf ans.....

— Vingt-neuf faits comme trente.

— Oui, mais les femmes ne disent jamais trente; elles sont comme les marchands de chaufferettes : ils n'en vendraient pas s'ils les mettaient à quarante sous la pièce. Ils les crient toujours à trente-neuf. Je poursuis. Mes avis n'y pouvaient rien. Tous les soirs j'étais obligé d'aller entendre : *Pauvre Mère! Pauvre Fille! Pauvre Frère! Pauvre Oncle!* Au bout du compte, il en résulta que son appartement fut le rendez-vous des troupes réunies de la Porte Saint-Martin, de l'Ambigu, des Folies-Dramatiques, de la Gaîté. Un jour que la panthère était sortie, je monte chez elle; tu connais sa négligence. Pas un tiroir n'était fermé. Au premier que je visite, par désœuvrement, qu'est-ce que je vois?

— Pas de billets de banque.

— Autre chose. Des déclarations d'amour de tous les *jeunes premiers* des boulevards. Mon ami, une liasse de protestations galantes; les protecteurs offraient des rendez-vous, des dîners; du reste, elle ne pouvait manquer, au bout de quelques mois de leçons, de contracter un superbe engagement avec le directeur de son choix.

— Et tu as cravaché ta panthère au retour?

— Mon Dieu, non; pas plus que tu n'as tué ton rat. Je me suis borné à faire imprimer sa correspondance dramatique avec vignettes et encadrements, et je la lui ai envoyée en volume.

— Bravo! Et tu es libre?

— Comme toi, Anatole.

— Que ne puis-je en dire autant que vous deux! s'écria un survenant en se plaçant dans un troisième fauteuil autour du garde-feu.

— C'est bien facile, imite-nous, Léonard.

— Vous imiter! Et le puis-je? L'affection qu'on me porte est si désintéressée.

— Ah! te voilà bien! Tu crois être aimé pour toi-même. Monsieur est arrivé hier de l'âge d'or. Son habit est encore poudreux.

— Je n'ai jamais voulu être aimé autrement, Anatole.

— Ne dis pas de ces bêtises-là, Léonard. Nous ne sommes plus au collége; il y a longtemps que nous avons traduit Ovide. Pour quel motif voudrais-tu être bienvenu d'une femme? Ceux qui ne les indemnisent pas sont des ladres ou des ruinés. La grande honte d'être aimé d'elles en échange des jouissances luxueuses qu'on leur procure! Il y a vraiment de quoi rougir de leur donner cinq cents francs par mois pour qu'elles soient mieux logées et qu'elles aient une femme de chambre pour les lacer. Est-ce que l'amour du monde se conçoit autrement? Va, grand innocent, il n'y a que les provinciaux qui veulent être aimés pour eux-mêmes, et qui croient qu'avec leur amour une femme se passe de dentelles, de châles et de pierreries. L'amour est un luxe : que celui qui n'a pas de quoi le payer, s'en passe.

— Ce que dit Anatole, reprit Stephen mettant sa jambe gauche sur sa jambe droite après avoir tenu longtemps sa jambe droite sur sa jambe gauche, ne t'émeut pas le moins du monde, j'en suis sûr, Léonard ; mais, réponds-nous franchement, combien as-tu dépensé pour cette intéressante femme qui t'aime, bonheur extrême ! ô joie suprême ! uniquement pour toi-même ?

— Rien !

— Depuis combien de temps la connais-tu ?

— Depuis six mois.

— Que lui as-tu envoyé au premier de l'an ?

— Un meuble en ébène.

— De Tahan ?

— Oui, de Tahan.

— Soit, deux mille francs.

— Et pour sa fête ?

— Une bagatelle. Quelques bronzes pour sa cheminée.

— Cela veut dire une pendule et deux flambeaux. Soit encore quinze cents francs.

— Tu lui envoies un bouquet tous les deux jours ?

— Tous les deux ou trois jours.

— Soit encore cinq cents francs.

— Tu lui loues une loge chaque fois qu'elle a envie d'aller à l'Opéra. Ajoutons mille francs. Ajoutons aussi les cadeaux à la femme de chambre, car les femmes de chambre nous aiment peu pour nous-mêmes. Cent écus en six mois, ce n'est pas exagérer le chiffre. Total approximatif, cavé au plus bas, cinq mille trois cents francs. Une femme qui ne t'aurait pas aimé pour toi-même ne t'aurait guère coûté que trois mille francs pour le même temps. Tu es refait de deux mille trois cents francs. L'amour pur et désintéressé vaut cela. Qu'as-tu à répondre ?

— Beaucoup. D'abord que je ne donne pas de la main à la main.

— Bien trouvé ! La chose est sauvée, parce que tu envoies l'argent directement aux fournisseurs de madame. Cela n'est pas même de la galanterie, c'est de la maladresse ; le billet de mille francs dépensé pour une femme n'a pas, à ses yeux, la valeur d'un billet de cinq cents francs qu'elle change elle-même.

— Mais vous tuez la poésie, mes bons amis.

— Non ! s'écria Stephen, mais l'hypocrisie. Changeons de propos. Est-ce que l'amour t'ennuierait déjà, que tu souhaitais, il n'y a qu'un instant, d'être comme nous ?

— Loin de là ! mais madame, qui redoute le retour très-prochain de son mari, m'engage beaucoup à l'accompagner en Italie. J'y serais tout disposé, sans l'horrible peur de vous perdre de vue, mes bons amis, Anatole, Stephen, et encore notre excellent Vaudreuse.

— Parbleu ! nous t'accompagnerons, s'écria Anatole. C'est un voyage de deux mois. Que Stephen dise oui, je dis oui !

— Moi, je dis oui.

— Mes amis, c'est promis !

— C'est juré, Léonard !

— Tous les frais de voyage à mon compte; sinon, non.

— Mais, mon vieux Léonard, tu auras encore dix ou douze mille francs à mettre sur le compte de l'amour désintéressé.

— Point de raillerie; vous me rendez trop heureux. J'emmène avec moi le Café de Paris, Tortoni et le foyer de l'Opéra.

— Oui! réfléchit Stephen; mais Vaudreuse?

— Mais Vaudreuse? répéta Anatole.

— Je m'en charge, répliqua Léonard. Je l'attends à minuit chez moi pour souper. Soyez des nôtres. Nous le déciderons tous ensemble.

— Il n'est pas loin de minuit, remarqua Stephen.

— Eh bien, partons, dit Léonard. J'ai ma voiture en bas.

Les trois amis quittèrent enfin leurs fauteuils en fredonnant : Salut! Venise la folle! Quand chanterons-nous en gondole une joyeuse barcarolle!

II

En province et dans beaucoup d'arrondissements de Paris, qui ne sont pas moins que la province, on s'imagine, d'après je ne sais quelles fausses inductions, qu'il est du bon ton, chez les jeunes gens riches et lancés, de crever des chevaux, de s'abîmer l'estomac à force de boire du vin de Champagne et de se ruiner la santé en orgies. Ceci n'est pas seulement exagéré, c'est généralement faux. Ces jeunes gens se soignent comme des femmes, déjeunent légèrement, prennent de l'exercice avec modération, et s'ils se couchent à deux heures après minuit, ils ne se lèvent guère qu'à midi pour rester ensuite un quart d'heure au bain et se purifier le corps comme des musulmans. Si l'on n'admet pas cette chasteté selon le monde, comment expliquer l'étiquette de leur santé, la durée de leur jeunesse, le repos de leur teint? Faublas n'est pas leur modèle, car Faublas termine son pèlerinage à dix-huit ans, devinant bien qu'à trente ans il aurait été goutteux, éreinté, incapable de lutter même avec le marquis de Lignolles. Et quel profond contre-sens chez Louvet! Son Faublas, qu'il produit comme un homme d'esprit, se lève toujours de bonne heure, et on ne le voit pas une seule fois se mettre au bain. Jamais le pédicure ni le dentiste n'entrent chez lui. On peut gager que ses ongles étaient limés jusqu'à la chair. J'ai toujours regardé Faublas comme un type de hasard, comme une gravure licencieuse, créée pour irriter les goûts des commis, qui se figurent que les marquises se nourrissent de pâte d'amandes.

Léonard n'avait pas un appartement de roué, et il avait trop d'esprit pour faire asseoir ses amis sur des roses, ce qui serait fort incommode, malgré l'autorité des anciens. Autant vaudrait louer l'odeur du crin où l'on s'assied, que de vanter les roses comme un doux siége. Chez lui, on s'asseyait sur de jolies chaises de velours vert, et l'on posait ses pieds sur des tapis moelleux comme quatre pouces de neige. L'appartement qui attendait les trois amis de Léonard était chauffé à un degré délicieux de température; ni trop ni trop peu de clarté, milieu qui n'est pas si indifférent qu'on le pense à l'édification des sens. Un souper est une perle excessivement précieuse; les ignorants percent la perle; les habiles seuls, et ils sont rares, savent la monter en diadème. Cherchez encore un souper qui ait le sens commun dans Faublas; triste viveur! il n'est pas impossible qu'il bût de la bière, ce vin des Allemands.

Nous devons encore ajouter que nos jeunes gens n'avaient invité aucune femme à souper, non que

ce fût une habitude prise, mais les avoir pour con-
vives n'était pas non plus un engagement de tous
les jours. Il est donc légèrement erroné de croire
que, dans leur catégorie peu connue, on se fasse
verser du chambertin dans des coupes de nacre par
des déesses d'opéra. Les déesses d'opéra sont très-
rangées; leurs maris montent la garde, et leurs
enfants sont élevés par les Frères des Écoles chré-
tiennes.

La seule femme qui se trouvait chez Léonard était
une bonne cuisinière, merveille dont il savait le prix,
et que s'inquiètent d'avoir tous ces jeunes gens
dont on croit avoir poétisé les raffinements sensuels
en les faisant dîner aux Frères-Provençaux. Les
meilleurs dîners ont lieu chez eux, apprêtés par
les mains savoureuses de leurs cuisinières, qui ne
leurs servent ni de mets ambrés, ni des vins couleur
d'or, mais des volailles succulentes, des gigots cuits
avec une sagacité mathématique. Pour vins, ils ont
du bordeaux d'abord, et du champagne ensuite,
vins qui, bus même avec excès, ne grisent que les
gens de peu.

Enfin, Vaudreuse entra; il était minuit un
quart.

— A table! dit Léonard. Marguerite est déjà fâchée du retard. A table!

— Tiens! dit Anatole, placé en face de Vaudreuse, comme Vaudreuse a la figure renversée! est-ce que tu serais fâché de nous trouver ici?

— Je n'ai rien.

— On n'est jamais plus en colère que lorsqu'on répond ainsi.

— Eh bien, j'ai... j'ai une petite contrariété domestique.

— Ton rat t'a rongé aujourd'hui?

— Vous savez que je n'ai pas de rat, à proprement parler.

— C'est toujours ta pianiste?

— Est-ce qu'elle veut débuter aussi? C'est dans l'air, ma parole d'honneur, dit Stephen, ravivant la peine d'Anatole.

— Plût au ciel qu'elle voulût débuter! elle ne me tyranniserait pas comme elle le fait.

— Et que veut-elle donc?

— Ce qu'elle veut! ce qu'elle veut! elle veut l'impossible.

— On la contentera plus aisément.

— Je voudrais vous voir à ma place. D'abord,

elle exige que je sois rentré à onze heures.

— Et que tu te couches à neuf, interrompit Anatole.

— Je te vote un bonnet de coton, ajouta Stephen.

— Continue, dit Léonard à Vaudreuse.

— N'est-ce pas intolérable ? Ensuite, elle exige que je ne joue pas au cercle.

— C'est de l'inquisition.

— Toute pure.

— Hier, elle m'a dit : « Vous avez perdu, l'autre soir, cent louis ; l'autre soir, encore cent cinquante louis ; il n'est pas de jour où vous ne rentriez sans l'argent que je vous vois prendre dans votre secrétaire : vous n'emporterez plus avec vous que quarante francs. »

— Et en gros sous ! s'écria Anatole.

— Non, en or, avec promesse de les rapporter, reprit Stephen.

— J'avoue que l'exigence est lourde, ajout Léonard.

— Et ce n'est pas tout.

— Encore !

— Écoutez !

— Parle, Vaudreuse, cela soulage sur le bordeaux.

— Vous savez que j'ai cessé depuis un an de voir ma mère, tombée dans les excès d'une dévotion insupportable, si insupportable qu'elle m'assommait tous les jours de sermons et n'avait que la faible prétention d'exiger de moi que j'allasse au moins tous les dimanches à la messe à Notre-Dame de Lorette.

— *Avez-vous vu dans Barcelone...* chantonna Stephen.

— *Adieu, mon beau navire!...* répéta Anatole.

Plus grave, Léonard entonna d'une voix de basse profonde : *Pange lingua...*

— Or, Ambroisine n'a-t-elle pas projeté de me rapprocher de ma mère, en me disant que j'avais tort de ne pas imposer quelques sacrifices à ma manière de voir ; qu'il en coûtait peu de passer une heure à l'église, et dans une église charmante, où l'on entend de l'excellente musique et où l'on voit de jolies peintures ? Vous devinez comment j'ai accueilli sa proposition.

— Tu lui as répondu :

> Accourez tous, venez entendre
> Un ami de l'humanité.

— Je lui ai répondu à peu près cela; [mais elle a

recommencé sa morale le lendemain, le surlendemain, tous les jours. Ces répétitions sont désespérantes.

— Vaudreuse cédera, dit Stephen.

— Il ne cédera pas, riposta Léonard.

— Il cédera, dit à son tour Anatole.

— Je la renverrai à son pensionnat, répondit à son tour Vaudreuse en buvant d'un trait un dixième verre de bordeaux. C'est conclu, c'est arrêté.

— Est-ce qu'elle sort du couvent ? demanda Stephen.

— A peu près. Je connus Ambroisine chez ma cousine, à qui elle donnait des leçons de piano. Elle courait le cachet toute la journée, et le soir elle rentrait dans un pensionnat à la barrière de l'Étoile. Elle me plut, je lui convins, et je la pris avec moi.

— Mauvais système, fit observer Stephen.

— Hélas ! oui, répondit Vaudreuse en soupirant. Croiriez-vous que je l'ai surprise, malgré mes recommandations, malgré le soin que je prends de satisfaire ses moindres désirs, allant encore à ses leçons, et cela, m'a-t-elle répondu, pour ne pas perdre ses élèves !

— Quel genre ! s'écria Anatole.

— Ne prend-elle pas du tabac? s'informa Stephen.

— Vous m'approuvez donc d'avoir résisté comme je l'ai fait ce soir, et de lui avoir dit : Je ne rentrerai qu'à trois heures cette nuit, j'irai jouer au cercle ou ailleurs, et vous le trouverez bon?

—Que je t'embrasse, dit Anatole; tu es un homme.

— Mon ami, dit Léonard, ta détermination est une inspiration du ciel. Anatole a quitté son rat, Stephen sa panthère; tu romps avec ton Ambroisine, et tu es des nôtres. Nous partons dans huit jours pour l'Italie.

— Fat qui s'en dédit! s'écria Vaudreuse : que ce verre de bordeaux me soit du surènes, si je ne vous accompagne pas.

— Messieurs, vous l'avez entendu? dit Léonard.

— Il ne viendra pas! répliqua Anatole.

— Il ne viendra pas! affirma Stephen.

— Il viendra! vous dis-je.

— Non, te dis-je, Léonard, Vaudreuse a la tête échauffée en ce moment, tout lui paraît possible : c'est un matamore; demain il n'osera pas souffler un mot devant son Ambroisine. Lui! un brin de paille l'arrête.

— Vous me piquez d'honneur, messieurs. D'ailleurs, à qui ai-je donné le droit de douter de mes engagements?

— Mon excellent ami, dit Stephen en tendant la main à Vaudreuse, ta parole est sacrée, mais nous ne voulons pas de tes serments.

— Et moi, je m'engage par serment à me débarrasser dès demain de cette ennuyeuse maîtresse. Me croirez-vous maintenant?

— Elle est bien jolie, Vaudreuse.

— Elle a bien de l'esprit.

— Elle t'aime beaucoup, Vaudreuse.

— Elle est rusée.

— Elle a l'avantage de n'avoir aimé que toi.

— Elle te fait de la musique, et tu es passionné pour la musique.

— Vous m'exaspérez! Vous êtes mes démons, Stephen, Anatole, et toi aussi, Léonard. Je vais me fâcher. Assez, messieurs! Quand Vaudreuse a donné sa parole d'honneur, il se croit offensé si toute discussion n'est pas levée.

— En ce cas, à notre bon voyage d'Italie! Au serment de Vaudreuse attachons-en un autre que nous ne trahirons pas davantage, messieurs; jurons de ne plus boire du champagne qu'au pied du Vésuve.

Radouci, Vaudreuse ajouta :

— Je perds mille louis, que vous dépenserez en Italie, si je ne suis pas de votre voyage après avoir rompu avec Ambroisine.

— C'est donc un pari de mille louis ? fit observer gravement Léonard.

— Oui, un pari de mille louis, répéta Vaudreuse.

— Nous le tenons ! dirent ensemble les trois amis.

III

C'est une bien heureuse disposition d'esprit, celle que procure le jeu, quand, après de nombreuses déceptions, il vous surprend par un gain disproportionné avec des pertes si vite oubliées. On revit ; on recouvre la vue et l'ouïe ; on manquait d'espace, et l'univers se déroule tout à coup sous vos pieds avec toutes ses richesses, immense paradis où aucun fruit n'est défendu. Il arrive même que le cœur est si puissant de l'énergie de l'imagination, qu'il est si plein jusqu'au bord, qu'il ne sait où pencher. Avec cet or, cet or divin, voyagera-t-on? Ira-t-on en Italie, en Espagne, en Grèce? Si l'on faisait le tour du monde? Achètera-t-on une campagne sur les bords de la Loire entre deux bras du fleuve? Si l'on tirait quelques amis de la misère? Quelle sublime conflagration de désirs s'établit dans le cerveau à la vue de cet or, rigoureux mobile, non-seulement de tous les plaisirs, mais encore de presque toutes les vertus. Des imbéciles méprisent l'or, c'est absolument comme si l'on méprisait le bonheur que l'or représente, et que lui seul à peu près représente. L'or du jeu a une voix, il chante, il vous berce. Grâce à cet or, on touche à tout par les mille rayons du désir, et l'on reste suspendu. C'est une espèce de douce, de suave catalepsie; si, au moment où on l'éprouve, on ne venait pas vous en tirer, on mourrait peut-être dans cette extase que les saints et les joueurs seuls connaissent. Mais le monde ne manque jamais de ces sortes d'appels. Une lampe de fête luit quelque part, un souvenir revient, un ami passe : on touche un sens, il s'éveille, il éveille les autres, et l'on est redevenu homme.

Vaudreuse goûtait la satisfaction céleste du gain avec plénitude, au moment où un domestique du cercle lui remit un billet dont l'écriture lui était parfaitement connue. Avant de se retirer dans un coin du salon pour en lire le contenu, il fourra dans ses poches l'or et le tas de billets de banque amoncelés devant lui par la marée de la fortune. Que me veut encore Ambroisine? Qu'est-ce que cela signifie de m'écrire à cette heure-ci? Voyons.

Stephen, Anatole et Léonard avaient deviné sans peine de qui pouvait être ce billet écrit à Vaudreuse.

Ils se concertèrent et ne perdirent pas un mouvement de leur ami. Bref, dans sa rapide rédaction, le billet fut parcouru d'un regard. Après l'avoir lu, Vaudreuse le froissa comme si ce n'eût été qu'un billet de banque; il chercha ensuite, avec la vivacité d'un homme pressé de sortir, sa canne et son chapeau. Pendant qu'un valet de pied lui jetait le manteau sur les épaules, il appela ses trois amis; avec la joie la plus expansive, il leur dit :

— Je vous rappelle, mes amis, que c'est à dater d'aujourd'hui que commencent les huit jours au bout desquels j'ai promis d'avoir rompu avec Ambroisine et de partir avec vous pour l'Italie.

Vaudreuse sortit.

— Bon! C'est lui maintenant qui se méfie de nous, dit Stephen. Voilà de l'original!

— Augurons bien de sa fermeté, ajouta Léonard.

— Ce n'est pas de la fermeté, c'est de la fanfaronnade : augurons mal.

Comme il n'était que deux heures et demie, les trois amis allèrent de nouveau s'asseoir à une table de jeu.

IV

En entrant dans son appartement, Vaudreuse affecta un air délibéré dont Ambroisine ne s'effaroucha guère, quoique son cœur battît fort. D'un ton de persiflage, il débuta par dire, en se débarrassant de son manteau et en lançant ses gants sur un fauteuil :

— Ma foi! vos quarante francs, ma chère amie, m'ont porté bonheur; probablement vous les aviez fait bénir. Voyez, avec ces quarante francs, j'ai gagné plus de vingt mille francs. La caisse d'épargne, par vous si prônée, ne rapporte pas cela en un an. Je ne mens pas, regardez! M'en voulez-vous encore d'avoir joué? Ne me grondez pas davantage de n'être pas rentré précisément à onze heures ; c'est de onze heures à deux heures que la fortune m'a visité.

A propos, ajouta Vaudreuse, s'apercevant que sa raillerie s'émoussait contre la sérénité glaciale d'Ambroisine, à propos, vous venez de m'envoyer un billet assez étrange, assez déplacé. Cette liberté est d'un détestable goût. Puisque je n'étais pas rentré à onze heures, c'est que je ne le pouvais pas, c'est que je ne le voulais pas.

Vous me dites encore, je crois, que, lassée de ma conduite, vous voulez rompre sur-le-champ avec moi ; je trouve la résolution assez bizarre, vu l'heure de la nuit ; mais je ne m'y oppose pas cependant. Nous nous séparerons aux flambeaux, à moins que vous n'ayez voulu faire une plaisanterie, ajouta Vaudreuse, s'arrêtant fièrement sur le terrain où il avait si fièrement paradé jusque-là.

— Je n'ai voulu faire aucune plaisanterie, répondit Ambroisine. Vous avez pu remarquer un fiacre qui attend à la porte, et voilà mes paquets, tout prêts à être emportés. Il n'eût pas été convenable de m'en aller avec les apparences d'une fuite. Je vous appartiens un peu tant que je suis ici, ajouta Ambroisine avec un accent de dignité paisible, et vous avez le droit de vous assurer que je n'emporte rien à vous.

— La délicatesse est vraiment excessive, répondit Vaudreuse, un peu ému intérieurement de voir que la détermination d'Ambroisine n'était ni feinte ni calculée ; j'aime mieux d'ailleurs vous avoir vue encore une fois avant notre séparation. Je dois vous remercier de cette attention.

Vaudreuse ne persiflait plus ; quoique grand pourfendeur de sentiments avec ses camarades du Café de Paris, il était infiniment moins bravache en face d'Ambroisine, c'est-à-dire en présence d'une affection vraie. Il l'avait aimée, il l'aimait encore beaucoup, malgré ses maximes d'indépendance. Devant elle, le sabreur rentrait dans la discipline.

Lui, qui s'oubliait si facilement en beaucoup d'endroits, n'eût pas osé déplacer un tableau de son appartement sans permission ; lui qui jouait du bout de sa cravache avec les fleurs portées par certaines

dames, dans certaines réunions, ne se fût pas per-
mis, même en plaisantant, de toucher à un cheveu
de la coiffure d'Ambroisine.

C'est qu'il n'est pas indifférent de dire que Vaudreuse n'avait pas emporté Ambroisine sous son bras
par une nuit de bal masqué. Il ne l'avait prise à personne; il n'avait pas renchéri pour l'avoir. Au milieu
de ses mauvaises amours, une passion sincère s'était
jetée sur lui, sur son cœur. De là, son embarras
extrême de se conduire avec sa liberté ordinaire,
une fois chargé de l'existence d'Ambroisine, qui,
s'étant donnée à son amant, n'avait pas cru faire
beaucoup plus de mal en se logeant chez lui. Décep-
tion pour tous deux : elle s'était imaginé conquérir
les droits d'une femme légitime en habitant avec
Vaudreuse, et Vaudreuse avait cru la façonner en
peu de temps à la vie des bohémiennes charmantes
dont il s'amusait pendant quelques mois, pour les
quitter ensuite sans regret, ainsi que cela se prati-
que. Vaudreuse fut vaincu. Il y avait trop d'amour
vrai chez Ambroisine, pour qu'elle échangeât ses
prétentions bien arrêtées contre l'éventualité bril-
lante de maîtresse aux enchères. De jour en jour
son caractère s'était développé, au grand étonne-

ment de Vaudreuse, enchaîné peu à peu après avoir
vécu sur la facile idée de reprendre son indépendance à l'heure de son caprice. Il arriva même que
la répugnance d'Ambroisine à le suivre dans les
sociétés habituelles où il allait, fut pour Vaudreuse
une considération nouvelle de ne pas la traiter avec
cette familiarité dont on s'arme plus tard pour dire
aux dames de la spécialité de prendre leur congé et
leur cachemire. Avec les amis de Vaudreuse, elle
s'était toujours observée, ne permettant à aucun
d'eux de compter sur le bénéfice d'une de ces
brouilleries si fréquentes dans ces sortes de mariages
trimestriels, pour lui offrir, le lendemain, souvent
le jour même, la vacance d'un cœur et celle d'un
mobilier; car il est établi dans les mœurs si impar-
faitement esquissées dans cette histoire, qu'un ami
du détenteur qui résilie, doit prendre la place du
détenteur; et cela sans violence, sans provocation
à duels, sans haine, sans froideur même. Et s'ils
se rencontrent le lendemain dans les couloirs de
l'Opéra, le dépossédé volontaire dira à l'acquéreur
promu : « Madame se porte-t-elle bien? bien des
choses de ma part, je vous prie. » A quoi l'autre
répond : « Je ne manquerai pas. » De leur côté,

ces dames ne méprisent jamais aucun des amants qu'elles ont eus; en face du dernier possesseur, elles parleront des qualités particulières de ceux qui l'ont précédé; et aucune réflexion blessante, aucune expression de grossièreté jalouse n'arrêtera la parole sur les lèvres de l'indiscrète panégyriste.

Ambroisine n'était pas cela, et Vaudreuse s'en était autant félicité qu'amèrement plaint, selon les circonstances. Quel parti prendre? en était-il venu à se demander, depuis qu'il avait éprouvé la gêne tyrannique dont il avait tracé un si touchant tableau au souper de Léonard, en présence de Stephen et d'Anatole.

— Il est tout pris, lui aurait répondu un de ses trois amis : puisqu'elle veut sortir, ouvre-lui la porte.

La porte était ouverte, le fiacre attendait dans la rue, les paquets étaient entassés sur les fauteuils; Ambroisine, enveloppée dans son manteau, n'avait certes pas la pensée de jouer la séparation; sa femme de chambre, prête à la suivre, était accoudée sur un carton. Et pourtant Vaudreuse ne prenait pas congé d'Ambroisine.

Après une heure passée à suivre les allées et les

venues insignifiantes de Vaudreuse, Ambroisine se
leva, s'approcha de son amant, et dégageant son
bras de dessous son manteau, elle lui tendit sa
petite main gantée :

— Adieu, monsieur.

— Vous partez donc, Ambroisine?

— Je crois qu'il est temps. Vous n'avez plus rien
à me dire?

— Où allez-vous si tard? il est près de trois
heures et demie.

— Je vais chez ma cousine ; elle est prévenue.

— Ah! elle est prévenue.

Vaudreuse alla à son secrétaire, l'ouvrit pour
rien, et le ferma pour le même motif.

— Alors, adieu, madame.

Ambroisine fit un pas vers la porte ; sa femme de
chambre était déjà sur le palier.

— Mais il me semble, dit Vaudreuse, que vous
ne m'avez pas fait appeler seulement pour assister
à votre départ?

— Et pour vous assurer, répondit Ambroisine,
que je n'emportais avec moi, dans la précipitation
de mon déménagement, aucun objet à vous.

— Précisément, dit Vaudreuse, j'aperçois sur

cette table un service à thé qui vous appartient. Julie, prenez cela.

La femme de chambre obéit, et le service à thé en vermeil fut enfermé dans un des cartons que le fiacre attendait.

— Mais ce n'est pas tout, reprit Vaudreuse ; j'ai à vous une foule d'autres choses.

— Je n'aurais jamais osé vous les réclamer.

— Et moi, madame, je tiens à vous les rendre. Accordez-moi quelques minutes.

Après un peu d'hésitation, Ambroisine s'assit au bord d'un fauteuil, mais sans même dénouer son chapeau.

— Vous avez quelque droit, j'imagine, reprit Vaudreuse, sur ces porcelaines du Japon. Elles furent données autant à vous qu'à moi par notre ami commun, le capitaine Black, de Baltimore. Gardez le cabaret tout entier, Ambroisine, pour peu que vous le souhaitiez.

— Non, monsieur, je ne veux pas de vos largesses.

— Parbleu ! nous le partagerons, puisqu'il en est ainsi. Aussi bien, aucune de ces douze tasses n'est semblable à l'autre. A vous six, à moi six. A qui le sucrier ?

— A vous, monsieur.

— Alors à vous, madame, le plateau de laque. Et j'y songe, la chaîne de ma montre vous appartient. Prenez! prenez!...

— Mais la montre est à vous, monsieur.

— Vous voulez donc me la rendre? Soit!

Vaudreuse mit tant de dépit à séparer la chaîne de la montre, qu'il eut l'air, en détachant le dernier anneau, de le briser avec colère.

Avec sang-froid, Ambroisine prit la chaîne, et dit, en la déposant sur le marbre de la table :

— Je ne l'accepte plus; vous la regrettez trop.

— Je fais si peu de cas de tout cela, s'écria Vaudreuse, que je suis tenté de jeter cette montre par la croisée!

Ambroisine ne s'étant pas opposée au mouvement de Vaudreuse, celui-ci tint, par point d'honneur, à réaliser sa menace. Il ouvrit la croisée et lança la montre dans la rue.

Loin de manifester de la surprise, Ambroisine prit la chaîne et la jeta tranquillement par la fenêtre.

— Ainsi, dit-elle, si la même personne trouve les deux objets, la montre lui dira l'heure à laquelle elle a ramassé la chaîne.

— J'espère, dit Vaudreuse après quelques minutes données à concentrer sa colère, j'espère que nous n'aurons pas de dispute pour le partage des tableaux qui sont ici, à moins que vous n'ayez l'intention de mettre les passants dans leurs meubles.

— Je ne serais pas fâchée, j'en conviens, répondit Ambroisine, de ne pas me séparer de deux ou trois paysages que je m'étais habituée à regarder comme étant à moi.

— Prenez, Ambroisine, choisissez.

— Julie, dit Ambroisine à sa femme de chambre, décrochez ces deux tableaux, et posez-les soigneusement sur les cartons.

— Quoi! s'écria Vaudreuse, vous m'emportez cette vue de l'Auvergne!

— Vous me laissez le choix, monsieur...

— Mais c'est un souvenir de famille; le château que cette peinture reproduit avec tant de fidélité est celui de ma sœur.

— J'affectionne singulièrement cette peinture, monsieur.

— J'ai couru dans ce parc, j'ai joué sous ces arbres, autour de ces bassins.

— Il est d'une excellente couleur, et je serais désolée de ne plus le voir, répondit Ambroisine.

— Votre envie, s'écria Vaudreuse, n'est que de l'ironie, de l'injustice! vous le retenez pour me faire de la peine. Eh bien! je me vengerai de la même manière. Vous avez oublié de réclamer ce pastel, ce Greuze qui est tout votre portrait; eh bien! vous ne l'aurez pas; non! vous ne l'aurez pas, quoique ce soit votre portrait.

— Faut-il l'emporter, madame? demanda la femme de chambre, montrant assez par sa question qu'elle ne regardait pas le moins du monde comme un droit sérieux celui de Vaudreuse.

— Laissez cela, Julie, et arrangez-moi mon manteau.

Ambroisine se levait pour partir, quand on entendit gratter derrière la porte de la chambre à coucher.

— C'est Édith, ma levrette! s'écria Ambroisine, et je la réclame. Elle ne sera pas oubliée comme mon portrait.

— Et moi, je la veux aussi! repartit vivement Vaudreuse. Elle restera ici où elle a été élevée.

— Elle me suivra! car c'est moi qu'elle aime le

mieux. Pauvre petite chienne! penseriez-vous jamais à lui donner du lait le matin?

— Je prendrai, madame, un domestique qui en aura soin; un groom exprès pour elle. N'ayez donc nul souci.

— Après tout, répliqua Ambroisine, Édith est à moi! c'est une tyrannie grossière de m'empêcher de l'emporter.

— Ne vous mettez pas si fort en colère, madame, je vais lui ouvrir la porte; quand elle sera libre, nous verrons avec qui de nous deux elle voudra rester. Son choix décidera entre nous.

— Essayez, monsieur, faites!

La femme de chambre ouvrit la porte à la petite levrette, qui se trouva aussitôt placée dans l'alternative de suivre sa maîtresse, qui la regardait à un bout de l'appartement, ou de demeurer avec Vaudreuse, qui avait aussi fixé ses yeux sur elle.

Une double, une égale affection la scella à la même place, caressant Ambroisine d'un mouvement de tête, accompagné de tendres petits aboiements, et flattant son maître d'un frétillement de sa petite queue émue. La pauvre Édith s'épuisait en contorsions, en une foule de petites fêtes, qui, en vérité, semblaient dire qu'elle comprenait le jugement qu'on attendait d'elle.

Un instant, elle parut se décider pour Vaudreuse; elle avança un peu vers lui.

— Ah! vous agissez de ruse! s'écria Ambroisine; pourquoi remuez-vous les doigts?

— Je ne remue pas les doigts. C'est vous qui séduisez Édith. Voyez, au son de votre voix, elle a couru vers vous. Pourquoi avez-vous parlé?

— Moi, j'ai parlé! mais je n'ai rien dit.

En effet, en entendant parler sa maîtresse, Édith avait rebroussé chemin et rétrogradé de son côté.

Cependant, lorsque la levrette se retrouva au même point une seconde fois, à égale distance d'Ambroisine et de Vaudreuse, elle demeura suspendue entre sa double volonté, et de fatigue enfin elle se coucha sur ses jolies petites pattes satinées et elle s'endormit.

— Raisonnablement, dit Vaudreuse, puisque Édith n'a pas voulu prendre un parti, nous ne pouvons pas la couper en deux.

— Il ne sera pas dit, repartit Ambroisine, que vous l'aurez emporté sur moi. J'attendrai qu'Édith s'éveille pour voir si une seconde épreuve me sera plus favorable.

— En ce cas, dit Vaudreuse, j'attendrai aussi.

— Faut-il déshabiller madame? demanda l'espiègle femme de chambre.

— Non, je passerai le reste de la nuit dans ce fauteuil; avancez-moi seulement un tabouret.

— Pour moi, je dormirai fort bien sur ce canapé.

— A votre aise; bonsoir, monsieur.

— Bonne nuit, madame.

Grâce à l'incident d'Édith, Ambroisine, dépitée, consentit à différer sa rupture jusqu'au matin. Elle ferma les yeux

Vaudreuse fit semblant de dormir, et Julie, après avoir congédié le cocher, remonta au salon et se coucha sur le tapis.

V

Le jour tarda un peu à paraître; en hiver l'aurore n'a pas constamment les doigts de rose; ce ne fut que vers neuf heures que la femme de chambre

15

s'aperçut, en s'éveillant, que Vaudreuse et Ambroisine n'occupaient plus leur place respective, l'un
sur le canapé, l'autre sur le fauteuil. Tous deux
avaient probablement pensé qu'on était aussi bien
au lit pour bouder; et dès que les lampes s'étaient
éteintes au salon, ils avaient, à tâtons, regagné leur
alcôve respective; en sorte qu'Édith seule était
restée sur le champ de bataille où avait eu lieu la
fameuse explication de la soirée.

Puissance neutre, Julie, à tout hasard, prépara
le lait et le thé pour ses maîtres, et lorsque l'aiguille
marqua dix heures, elle se présenta à la porte de
la chambre de madame, ainsi qu'à celle de monsieur, pour leur annoncer, selon l'usage, que le thé
les attendait.

Plus forte que leur rancune, l'habitude les réunit
l'un et l'autre autour de la théière, Ambroisine
dans un élégant peignoir de flanelle anglaise, Vaudreuse dans sa robe de chambre.

En gens bien élevés, ils évitèrent de revenir sur
les motifs de leur rupture, fait arrêté, près de s'ac-
complir; ils avaient même trop de dignité pour
laisser paraitre quelque regret de leur action. On
eut les mêmes égards réciproques, les mêmes atten-

tions qu'autrefois dans cette première entrevue
matinale. Seulement Vaudreuse, qui s'était accou-
tumé à savourer sa tasse de thé au son d'un mor-
ceau exécuté sur le piano par Ambroisine, attendit
inutilement ce délicieux accessoire. Ambroisine resta
à sa place; Vaudreuse n'eut pas de musique. Aussi
lui fut-il impossible de prendre sa tasse de thé. Six
fois il la porta à ses lèvres, et six fois il la remit
plus froide devant lui. Terrible esclavage que l'habitude! pensa-t-il; mauvais pli de prendre du thé
en musique, c'est une habitude à perdre; je la per-
drai. Et il ajouta mentalement :

— On dit que Napoléon resta trois jours sans
priser, faute de tabac, pendant la campagne de
Russie. Fameux exemple d'habitude domptée. Je
me dompterai.

Pourtant Vaudreuse ne toucha pas à la tasse de
thé, et il passa en soupirant le long du piano muet.

Comme Ambroisine se levait aussi, on sonna. Julie
allait ouvrir. Vaudreuse arrêta la femme de chambre
par le bras, et alors une petite comédie soudaine
et muette se passa entre ces trois personnages sous
le retentissement métallique de la sonnette. Le
visage de Vaudreuse indiquait une lutte acharnée

entre ses désirs et son amour-propre; celui d'Ambroisine, un calme triomphant. Julie même avait son rôle dans cette scène d'une finesse exquise, complétement énigmatique pour un observateur étranger aux mœurs dorées de Paris. Au moment où l'on avait sonné, elle avait couru à la porte avec une précipitation peu généreuse pour son maître ou pour celui qui n'avait pas encore absolument cessé de l'être. Cependant elle n'avait pas ouvert. Le fil qui l'avait retenue dans son vol ne se voyait pas, quoiqu'il se prolongeât jusqu'à la main, désintéressée en apparence, d'Ambroisine.

C'est que dans l'arche où Vaudreuse avait enfermé deux à deux toutes les voluptés douces d'une situation enviée, il avait aussi, par mégarde, laissé entrer le créancier. Et le créancier, qui vit partout comme le vautour, avait flotté sur les plus belles mers avec lui. Un chose excusait Vaudreuse, c'est qu'il devait beaucoup, et ses dettes n'étaient pas ignominieuses; il n'était pas l'ignoble objet des persécutions d'un tailleur bavarois ou d'un bottier westphalien, ces honteux créanciers classiques, bons tout au plus au théâtre, ce ramassis de vieilles mœurs. Ses créanciers étaient d'une espèce plus distinguée. Ce sont de ceux qui sonnent fort, entrent chez leurs débiteurs à toute heure, parlent rarement de leurs droits ou de leurs titres : c'est là l'affaire de leur avoué. Ils sont allés au collége avec leurs débiteurs ; ils ont doublé leur rhétorique ensemble ; ils se tutoient ; et le jour où ils savent que leur ami doit être arrêté par leur fait, ils lui envoient un avertissement. Amis charmants ! Vaudreuse en avait beaucoup, et parfaitement inconnus les uns aux autres, quoiqu'ils se rencontrassent souvent chez lui. L'un fumait dans ses pipes d'ambre, l'autre jouait avec ses armes orientales. Celui-ci lui volait ses journaux ; celui-là disait des douceurs à Ambroisine, tandis qu'on la coiffait. Et en somme c'était toujours elle qui parvenait à en débarrasser Vaudreuse, l'homme le plus inhabile à trouver la phrase avec laquelle on les congédie pour trois ou quatre jours ; phrase d'or, phrase sublime, autrement belle que : « Madame se meurt ! madame est morte ! »

Or, Vaudreuse pressentit à ce coup de sonnette que c'était un des visiteurs dont nous venons de parler, et il n'osait pas prier Ambroisine de se charger de la réception et des frais du dialogue, tandis qu'il s'en irait par une porte de sortie. Lui demander ce service, c'était reconnaître l'indispensabilité d'une femme dont il avait accepté la séparation, il y avait tout au plus l'espace d'une nuit. Pénible situation! plus pénible que celle de prendre du thé sans musique; car pour se déshabituer du thé, on peut être seul; et pour se déshabituer d'un créancier, il faut être au moins deux à le vouloir.

— Ouvrez, dit Ambroisine à Julie; c'est M. Janvier. Je le recevrai dans ma chambre.

Vaudreuse respira; il passa dans la sienne, s'y renferma, et, en se mettant au bain, ce qui le consola de n'avoir pas pris du thé, il ne put s'empêcher de dire : — Il n'y a qu'Ambroisine pour recevoir ces gens-là.

C'est au bain que Vaudreuse lisait ordinairement ses lettres et ses journaux, et qu'il recevait ordinairement ses meilleurs amis, autre excentricité de la vie raffinée de Paris. Tel Richelieu du quartier d'Antin, soigneux dans sa tenue, réservé dans son langage au milieu du monde, ne voit aucune inconvenance à réunir autour de sa baignoire ses fournisseurs, et même les marchandes à la toilette, dont l'âge, il est vrai, n'est souvent pas la seule raison qu'elles aient pour subir cette licence. Je ne sais pas si les Orientaux vont plus loin. Quoi qu'il en soit, il arrive un moment, dans ces sortes d'ablutions libres, où l'on voit flotter à la surface de l'eau le journal du soir, les journaux du matin, des factures acquittées, des cigares de la Havane et des loges de spectacle.

Une petite porte, connue des intimes, s'ouvrit, et Anatole, le cigare aux lèvres et une boîte sous le bras, entra dans la chambre de Vaudreuse.

— Je suis heureux de te rencontrer, dit Anatole.

— Qu'as-tu donc dans cette boîte?

— C'est une charge que nous allons faire aux Napolitains.

Après avoir ouvert la boîte, Anatole en tira un habit jaune avec des boutons d'acier et un collet de velours vert.

— Qu'est-ce que cette plaisanterie, Anatole?

— Ce n'est que le commencement d'une plaisanterie, mon cher Vaudreuse. Écoute : Tu sais qu'à tort ou à raison, toi, Stephen, Léonard et moi, nous passons pour ne pas être étrangers aux mouvements de la mode. Paris nous reconnaît, et Londres nous imite.

— Tu viens de faire un alexandrin.

— C'est sans préméditation. Encore un peu de patience. Notre renommée nous aura devancés à Naples, où Léonard vient d'écrire pour qu'on nous retienne un confortable appartement rue de Tolède.

— Il n'y a que cette rue à Naples ; il faut que les habitants l'aient volée.

— Ne m'interromps pas. Nous arrivons à Naples, et l'on s'empresse de venir savoir de nous quelle est la dernière mode qui fait loi à Paris.

— Je commence à comprendre.

— Alors tu devines que nos quatre habits jaunes, le tien porté au théâtre, les deux autres dans les salons, le mien sur une promenade publique, consacrent la conquête. Dix jours après, la meilleure société de Naples ne porte plus que des habits serin.

— Oui, jusqu'au moment où le *Journal des modes* donne un démenti qui nous vaudra des coups d'épée.

— On a prévu la parade. On aura un numéro du *Journal des modes,* tiré à mille exemplaires, qui seront distribués en Italie, quelques-uns à Naples, où l'on dira que personne à Paris n'ose plus se montrer autrement costumé que nous. La gravure y sera jointe. J'espère que la comédie sera complète.

— Complète, répéta Vaudreuse en sortant du bain.

— Tu ne sais peut-être pas, dit Anatole en essayant l'habit jaune à Vaudreuse, qu'on a sous-parié avec nous que tu nous ferais long feu, que tu ne nous suivrais pas en Italie.

— Plaisante obstination! s'écria Vaudreuse.

— Si extraordinairement plaisante, en effet, mon cher Vaudreuse, que tous trois nous avons parié contre trois autres camarades des sommes assez rondes. Sûrs de perdre avec toi, nous avons parié chacun deux mille francs que nous comptions au moins autant sur toi que sur nous. Nous jouons à coup sûr.

— Réellement vous ne courez pas grands risques. Une explication fort sérieuse a eu lieu entre Ambroisine et moi, cette nuit, après vous avoir laissés au cercle.

— Ce petit billet?...

— Précisément.

— Eh bien?

— Eh bien, c'est fini. Il était trop tard pour

qu'elle s'en allât dans la nuit; mais à trois heures elle ne sera plus ici.

— Vraiment! Voilà pourquoi je te trouve un peu triste : cela se conçoit. C'est un mauvais pas; mais il est franchi. Tu es libre.

— Oui, libre! comme tu dis.

Vaudreuse étouffa un soupir en s'enveloppant dans son peignoir et en s'accroupissant au fond d'un fauteuil.

Il se fit un moment de silence entre les deux amis; ils purent entendre alors les bruits de la pièce voisine. C'étaient des pas multipliés, des fauteuils qui roulaient sur le tapis, des cordes qu'on nouait.

A un frémissement harmonieux, Vaudreuse passa soucieusement sa main sur son front et la laissa couler le long de ses fines moustaches.

Il ne put s'empêcher de dire :

— C'est le piano qu'on emporte. Tu vois que c'est fini. Un excellent instrument, ajouta-t-il.

— N'est-ce que l'instrument que tu regrettes? Vaudreuse, Vaudreuse! la chaîne n'est pas encore brisée.

— Quelle idée!

— Veux-tu m'en croire?

— Parle, Anatole.

— Souffre que je ne te quitte pas de la journée.

— Aurais-tu peur, Anatole, de perdre ton pari?

— Ou, si tu aimes mieux, Vaudreuse, de le gagner avec ceux qui ont parié contre moi, qui ai soutenu ton inébranlable fermeté.

— Je n'accepte pas ta proposition. J'ai promis de vaincre seul, sans le secours de personne. D'ailleurs, tu te méprends sur la situation de mon esprit. Je suis homme d'habitude et non de passion romanesque. A sa dernière minute, ce départ me préoccupe, mais il ne me désespère pas. Elle part, et je vais sortir. Nous nous entreverrons à peine. Je suis si peu ébranlé, que je ne veux pas profiter des sept jours que les termes de notre pari m'accordent. Dès ce soir, je me mets à votre disposition; et dès demain, si vous êtes en mesure, je pars avec vous trois pour l'Italie. Voilà ce que je vous confirmerai ce soir à table; car je vous invite tous les trois à souper. Charge-toi, Anatole, de communiquer l'invitation à Stephen et à Léonard.

— Compte sur nous pour ce soir, Vaudreuse. Adieu! à ce soir.

— Adieu, Anatole. A propos, achète-moi un

waterproof pour le voyage, si tu traverses le passage de l'Opéra.

— Tu l'auras ce soir, Vaudreuse. Adieu.

VI

Quel délicieux musée qu'un cabinet de toilette ! Quelle satisfaction n'éprouve-t-on pas à contempler en détail ces utiles frivolités de la vie civilisée ! C'est à émerveiller le regard que ces lames d'acier forgées par l'Angleterre, cette reine du monde et bien plus encore de la propreté ; que ces limes inventées pour donner aux ongles une coupe ovale, suavement voûtée comme la nacre ; que ces brosses rudes et douces qui vont chercher un atome dans les linéaments de la peau ; que ces fers calculés avec une adresse infinie pour isoler les dents, comme autant de perles, et les enchâsser autour du diadème de la bouche. Pourquoi la mémoire n'est-elle pas reconnaissante envers ces Lavoisiers modestes, créateurs de neiges odorantes, qui attendrissent les chairs, éclaircissent le teint, et font de l'homme, ce cadavre vivant, un jardin embaumé, une peinture flamande, une créature souple, heureuse à voir, belle sous le soleil? Après la prière et l'amour, rien n'est digne de l'homme comme les soins qu'il se donne; si le corps est le vase de l'âme, il faut que ce vase soit d'albâtre et que des nuages de parfum l'embaument.

Vaudreuse était un fidèle de cette religion limpide et salutaire, qui ne reconnaît pas pour siens les hommes dont la propreté se borne à se laver les mains et à s'imbiber d'eau de Cologne.

Il commença par mettre des bottines neuves; il essaya du moins, car son pied ne fut pas à demi chaussé qu'il sentit l'absence de celle sur qui il avait pris l'habitude de s'appuyer en se livrant à cet exercice. Faute de ce soutien, Vaudreuse chancela, devint rouge, pesta, heurta le mur du bout de la bottine, et ne parvint enfin qu'avec douleur et rage à se chausser. Ce contre-temps l'aigrit au delà de toute expression. Un autre l'attendait. Vint le tour de la chemise, labyrinthe de plis où ne s'installe pas qui veut; car si les gens grossiers se passent la chemise, il n'y a que les gens distingués qui savent la mettre. La première fut froissée, — jetée au sale; la seconde déchirée aux entournures, — jetée au sale; enfin la troisième sembla un peu mieux s'ajuster; mais quelles irritations nerveuses pour la boutonner sans tourmenter le tissu!

— Oh! Ambroisine! Ambroisine! s'écria-t-il en frappant du pied. Il n'y a qu'elle pour toucher à de la batiste sans la faner.

De découragement, Vaudreuse se mit à regarder à travers les carreaux ce qui se passait dans la rue. Triste aspect!... des brancards sur lesquels étaient les meubles d'Ambroisine stationnaient dans la neige qui couvrait le pavé. Il neigeait même beaucoup dans ce moment, et des ondées blanches couraient sur les riches albums, sur l'ébène des tables et la dorure des tableaux. De beaux chenets ciselés étaient en équilibre sur la borne du coin; on avait déposé sur le panier du marchand de marrons une admirable pendule. Les larmes en vinrent aux yeux de Vaudreuse, obligé de chercher une autre diversion à son douloureux mécontentement.

« Coiffons-nous, se dit-il; il est déjà bien tard. » Il se mit devant sa glace, prit un peigne et distribua ses cheveux, comme il en avait l'habitude, en deux sections. Un obstacle l'attendait au plus beau de son œuvre : la raie, cette difficile raie, pierre philosophale de la coiffure pour ceux qui n'ont pas longtemps exercé leur adresse. Impossible à Vaudreuse de tracer cette raie ; d'autant plus impossible qu'il avait toujours eu recours à l'élégante patience d'Ambroisine pour la dessiner sur sa tête. Plus il s'impatientait, plus il brouillait ses cheveux, extraordinairement loin de former la raie. La colère l'étouffa : il brisa le peigne et il ébouriffa, de ses deux mains irritées, sa revêche chevelure. « Eh bien ! s'écria-t-il, je changerai la manière de me coiffer. » A la suite de cette héroïque résolution, il abattit ses cheveux en masse et les lissa.

— A présent, dit-il avec une aigre ironie, j'ai l'air d'un chasseur de bonne maison. Je puis me présenter dans le monde.

Voyons si je serai plus heureux à nouer ma cravate.

On a écrit un beau livre sur l'art de mettre sa cravate ; l'auteur y donne d'admirables préceptes ; mais pourquoi, au lieu de préceptes, ne donne-t-il pas un domestique, un ami, quelqu'un qui sache entourer le cou de ce tissu, frise élégante du monument de la toilette ?

Vaudreuse portait supérieurement ses cravates, mais jamais il n'avait su les nouer. On devine celle qui prenait cette peine pour lui.

Cependant il tenta de résoudre la difficulté. Le résultat fut, après des essais plus malheureux les uns que les autres, qu'il faillit s'étrangler, tant, dans son désespoir, il serra la dernière cravate autour de son cou.

Malgré lui, sans que sa volonté y fût pour quelque chose, il se prit à appeler : Ambroisine! Ambroisine! Ambroisine!

— Me voilà! me voilà! répondit une voix charmante. Qu'y a-t-il?

— Une dernière complaisance, mon amie. Nouez-moi ma cravate.

— Volontiers.

Et debout devant Vaudreuse, Ambroisine se disposa à lui arranger sa cravate; tâche délicate pendant laquelle ses beaux cheveux châtains effleuraient les lèvres du jeune homme.

— Elle est vraiment adroite comme une fée, pensait-il. Je ne sens pas ses doigts. Jamais personne ne la remplacera. C'est un oiseau.

Singulier désir; Vaudreuse eût souhaité qu'Ambroisine se fût trompée, qu'elle n'eût pas tout de suite réussi pour avoir le plaisir de l'avoir plus longtemps ainsi sous les yeux.

Et en effet, Ambroisine s'était trompée; le nœud ne vint pas à la première fois. Elle recommença avec plus d'attention, et pour être plus sûre d'elle-même elle retira ses gants. La peine ne fut pas perdue; le nœud fut ce qu'il était toujours, un modèle de perfection. Vaudreuse retint dans ses mains les deux mains d'Ambroisine et les couvrit de caresses. La reconnaissance fut plus forte que tout; elle alla si loin, que Vaudreuse ne sortit pas de la journée et qu'Ambroisine était encore chez lui quand arrivèrent, pour souper, Léonard, Stephen et Anatole.

Le couvert était mis, les bougies illuminaient les cristaux de la table; les domestiques, la serviette sur le bras, allaient de la salle à manger à la cuisine. Quand les trois amis de Vaudreuse se présentèrent, on n'aurait pu dire quel était celui des trois qui avait le plus de félicitations sur les lèvres en serrant la main de leur hôte, encore plus joyeux qu'eux tous.

— Nous avouons notre défaite! s'écria Stephen le premier. A toi la victoire!

— Et les mille louis, ajoutèrent Anatole et Léonard.

— Oui, et les mille louis, dit Stephen.

— Merci à tous les trois, répondit Vaudreuse en saluant Stephen, Anatole et Léonard.

— C'est bien de ta part, dit ce dernier, d'avoir hâté le terme de la gageure; nous nous mettrons plus tôt en route; après-demain nous roulerons.

— Ah! c'est après-demain ? dit Vaudreuse.

— Trouverais-tu encore que c'est trop tard ? Quel héros! Au surplus, continua Anatole, voici ton watterproof. Le déluge ne le pénétrerait pas.

— Je te suis fort reconnaissant, ami.

— Oui, ton ami, car tu es un fier homme de résolution. Messieurs, je puis le proclamer maintenant : Vaudreuse n'a pas voulu consentir ce matin à ce que je demeurasse auprès de lui, afin de l'entretenir dans ses excellentes dispositions de rupture, un peu ébranlées par l'inattendu de l'événement; il s'est bien conduit.

— Tu me flattes, Anatole.

— C'est la vérité; la vérité, comme il est vrai que nous avons gagné notre pari contre ceux qui avaient douté de ton énergie, Vaudreuse. Ainsi, tu ne nous fais perdre que dix-huit mille francs ; six mille francs chacun; ne parlons plus de cela.

— Non, ne nous occupons plus que du voyage, Stephen. Prendrons-nous la mer à Marseille ou traverserons-nous la Suisse ?

— La mer à Marseille, dit Anatole.

— Non, la Suisse.

— Non, la mer.

— Pourquoi donc la Suisse, Léonard?

— Parce que la dame qui est la cause de notre voyage veut voir la Suisse.

— C'est différent, répliquèrent Stephen et Anatole; va pour la Suisse!

— A propos de dame, dit Léonard en pesant sur ses paroles, il me semble qu'il y a ici un couvert de plus.

— Tiens! c'est vrai, dit Anatole; est-ce que tu attendrais...

— Je ne l'attends pas; elle est ici, répondit Vaudreuse.

Et, au milieu de l'obscure surprise de ses amis, Vaudreuse alla au salon et en revint, tenant par la main Ambroisine, toute parée pour le souper.

— Messieurs, dit-il à Léonard, à Anatole et à

Stephen, ébahis et muets d'étonnement, j'ai bien gagné mon pari.

Le moyen de se débarrasser d'une maîtresse, c'est d'en faire sa femme.

FIN.

TABLE DES MATIÈRES

PARIS. TYPOGRAPHIE DE E. PLON ET Cⁱᵉ, RUE GARANCIÈRE, 8.

E. PLON & Cie, IMPRIMEURS-ÉDITEURS

8, rue Garancière, Paris.

EXTRAIT DU CATALOGUE

HISTOIRE
DE FRANCE

DEPUIS LES ORIGINES JUSQU'A NOS JOURS

PAR

M. C. DARESTE

ANCIEN RECTEUR DES ACADÉMIES DE NANCY ET DE LYON
CORRESPONDANT DE L'INSTITUT

Neuf volumes in-8° cavalier. Prix : 80 francs.

NOTA. — Pour faciliter l'acquisition de l'ouvrage, les éditeurs consentiront des délais de payement aux personnes qui le désireraient.

L'*Histoire de France* de M. Dareste, s'étendant jusqu'au règne de Louis XVI, a paru en six volumes et a obtenu le GRAND PRIX GOBERT de l'Académie française en 1867 et en 1868. Elle s'est augmentée en 1872 de deux volumes contenant le règne de Louis XVI, la Révolution et l'Empire. Nous y joignons aujourd'hui un neuvième volume comprenant la Restauration et se terminant par une analyse raisonnée des événements accomplis depuis 1830 jusqu'en 1871, c'est-à-dire jusqu'au moment où commencent les luttes et les passions actuelles.

Elle a ainsi l'avantage d'être plus complète qu'aucune autre de nos grandes histoires nationales.

Elle a un autre mérite, celui de présenter les faits, les révolutions, la politique du passé par le côté qui intéresse le plus aujourd'hui. « Les écrivains du dix-neuvième siècle, a dit Chateaubriand, ont un monde nouveau sous les yeux, et ce monde leur sert pour rectifier l'ancien monde. » Enfin l'auteur n'a pas un seul moment perdu de vue le but que M. Thiers assigne à l'historien : « Comprendre le passé et le faire comprendre. »

Elle est donc conçue dans des proportions qui en rendent la lecture accessible à tout le monde et lui marquent une place dans toutes les bibliothèques. Elle s'adresse à toutes les catégories de lecteurs, aux hommes d'étude qui ont besoin de ne pas perdre de vue l'histoire générale et philosophique, aux jeunes gens, aux gens du monde.

Un violon russe, par Henry GRÉVILLE. Deux vol. in-18. 5e édition. Prix. . . 6 fr.

Les Mariages de Philomène, par Henry GRÉVILLE. Un vol. in-18. 7e édition. 3 fr. 50

Bonne-Marie, par Henry GRÉVILLE. In-18. 6e édit. 3 fr.

Marier sa fille, par Henry GRÉVILLE. Un volume in-18. 12e édition. Prix. 3 fr. 50

L'Amie, par Henry GRÉVILLE. In-18. 8e édition. 3 fr. 50

Ariadne, par Henry GRÉVILLE. Un vol. in-18. 10e édition. Prix. . . . . . . 3 fr. 50

L'Expiation de Savéli, par Henry GRÉVILLE. Un volume in-18. 3e édition. . 3 fr.

La Princesse Oghérof, par Henry GRÉVILLE. Un volume in-18. 9e édition. 3 fr. 50

Les Koumiassine, par Henry GRÉVILLE. Deux vol. in-18. 5e édition. Prix. . . 7 fr.

A travers champs. — Autour d'un phare, par Henry GRÉVILLE. Un volume in-18. 2e édition. Prix. . . 3 fr.

La Niania, par Henry GRÉVILLE. Un vol. in-18. 11e édition. Prix. . . . . 3 fr. 50

Suzanne Normis (Roman d'un père), par Henry GRÉVILLE. Un vol. in-18. 8e édition. Prix. . . . . 3 fr. 50

La Maison de Maurèze, par Henry GRÉVILLE. Un volume in-18. 8e édition. 3 fr. 50

Les Épreuves de Raïssa, par Henry GRÉVILLE. Un vol. in-18. 12e édition. 3 fr. 50

Dosia, par Henry GRÉVILLE. In-18, 20e édition. . 3 fr.

Sonia, par Henry GRÉVILLE. In-18. 13e édition. 3 fr. 50

Nouvelles russes. — *Stépane Makarief,* — *Véra,* — — *L'Examinateur,* — *Le Meunier Anton Malissof,* par Henry GRÉVILLE. Un vol. in-18. 3e édition. 3 fr. 50

Pierrot ermite, comédie en un acte en vers, par Henry GRÉVILLE. In-18. . . 1 fr.

Dominique, par Eugène FROMENTIN. Un volume in-18 elzevirien. 3e édit. 3 fr. 50

La Marquise de Sardes, par Ernest DAUDET. Un volume in-18. 2e édition. 3 fr. 50

Madame Robernier, par E. DAUDET. Un volume in-18. 2e édition. Prix. . . 3 fr.

Clarisse, par Ernest DAUDET. Un vol. in-18. 2e édit. 3 fr.

Les Persécutées, par Ernest DAUDET. In-18. . 3 fr. 50

Daniel de Kerfons, par E. DAUDET. Deux vol. in-18. Prix. . . . . 7 fr.

La Croix de Mouguerre, par madame Claire DE CHANDENEUX. Un vol. in-18. 2e édition. Prix. . . . . 3 fr. 50

Les Giboulées de la vie, par madame Claire DE CHANDENEUX. In-18. 2e édit. 3 fr. 50

Le Lieutenant de Rancy, par madame Claire DE CHANDENEUX. In-18. Prix. . 3 fr.

Une faiblesse de Minerve, par madame Claire DE CHANDENEUX. In-18. . . . 3 fr.

Les Ménages militaires, par madame Claire DE CHANDENEUX. — I. *La Femme du capitaine Aubépin.* In-18. 2ᵉ édition. . . . 2 fr. 50
II. *Les Filles du Colonel.* In-18. 2ᵉ édition. 2 fr. 50
III. *Le Mariage du trésorier.* Un vol. in-18. 2ᵉ édition. Prix. . . . 2 fr. 50
IV. *Les Deux Femmes du Major.* Un volume in-18. 2ᵉ édition. Prix. . 2 fr. 50

Une fille laide, par madame Claire DE CHANDENEUX. Un vol. in-18. 2ᵉ édit. 3 fr. 50

L'Hetman Maxime, par E. MARCEL. In-18. . 3 fr. 50

Les Soirées amusantes, lectures des familles, par Émile RICHEBOURG. Douze volumes in-32. Prix de chaque volume. . . . . . . 75 c.

Le Tigre, par Alfred ASSOLLANT. In-18. . . 3 fr. 50

Vivante et morte, par André GÉRARD. In-18. . 3 fr. 50

Christiane, par André GÉRARD. Un volume in-18. 3 fr. 50

Un drame à Constantinople, par LEILA-HANOUM. Un vol. in-18. Prix. . . . 3 fr.

Les Rivalités : *Le Docteur Jacques Hervey*, par A. LAPOINTE. In-18. . . 3 fr. 50

Leurs Excellences, par BRADA. Un volume in-18. . 3 fr.

LE MÊME OUVRAGE. In-8º illustré. Prix. . . . . 5 fr.

La Comédie parisienne, par ANGE-BÉNIGNE. Un volume in-18. Prix. . . . 3 fr. 50

La Bâtarde, par René DE PONT-JEST. In-18. 3 fr. 50

L'Orpheline, par madame DE MOLÈNES. In-18. . 3 fr. 50

Théophile Gautier (*Souvenirs intimes*), par E. FEYDEAU. In-18. . . 3 fr. 50

Ella Wilson, par C. DE VARIGNY. In-18. . . . 3 fr. 50

L'Idole d'un jour, par H. DE LA MADELÈNE. Un volume in-18. Prix. . . . 3 fr. 50

Le Sacrifice de Julia, par E. BILLAUDEL. Un vol. in-18. 2ᵉ édition. . . . . . 3 fr.

Jean Dagoury, par C. CANIVET. Un vol. in-18. 3 fr.

Les Embarras d'un Légataire, par H. VRIGNAULT. Un volume in-18. . . 3 fr. 50

Le Major Frans, par Albert RÉVILLE. In-18. . 2 fr. 50

L'Ame de Beethoven, par Pierre COEUR. Un vol. in-18 Prix. . . . . . 2 fr. 50

La Fille du Rabbin, par P. COEUR. In-18. . . 2 fr. 50

Héautontimoroumenos, — Berzélius, par P. COEUR. Un volume in-18. 2 fr. 50

Dans les Herbages, par G. LE VAVASSEUR. Un volume in-18. Prix. . . . 3 fr. 50

Légendes militaires : I. *Je suis du régiment de Champagne* ; II. *Auvergne et Piémont*, par M. A. FIÉVÉE. Un volume in-18. . . 3 fr. 50

Le Sergent d'Armagnac, — le Ressuscité, par A. FIÉVÉE. In-18. . . . 3 fr. 50

COLLECTION

DES

CLASSIQUES FRANÇAIS

collationnés sur les meilleurs textes.

EN VENTE :

Boileau. — *OEuvres complètes.* Cinq volumes in-32. Prix. . . . . 20 fr.

Bossuet. — *Discours sur l'histoire universelle, Oraisons funèbres.* Quatre volumes in-32. Prix. . . . . 16 fr.

Corneille. — *OEuvres.* Douze volumes in-32. . . 48 fr.

Fléchier. — *Oraisons funèbres.* Un volume in-32. 4 fr.

La Bruyère. — *OEuvres complètes.* Trois volumes in-32. Prix. . . . . 12 fr.

La Fontaine. — *Fables.* Deux volumes in-32. Prix. 8 fr.

La Rochefoucauld. — *OEuvres.* Un vol. in-32. 4 fr.

Molière. — *OEuvres complètes.* 8 vol. in-32. 32 fr.

Massillon. — *Avent, Petit Carême et Grand Carême.* Quatre volumes in-32. 16 fr.

Pascal. — *Pensées, Opuscules et Lettres.* Deux volumes in-32. Prix. . . . . 8 fr.

Pascal. — *Lettres provinciales.* Deux volumes in-32. Prix. . . . . 8 fr.

Racine. — *OEuvres.* Quatre volumes in-32. . . 16 fr.

Racine. — *OEuvres diverses.* Quatre volumes in-32. 16 fr.

Regnard. — *Chefs-d'œuvre.* Deux volumes in-32. 8 fr.

Vauvenargues. — Trois vol. in-32. Prix. . . . . 12 fr.

Cette collection, tirée à un petit nombre d'exemplaires, revue ∡ imprimée avec le plus grand soin, s'adresse aux amateurs de livres. Elle est ornée de portraits finement gravés sur acier.

Il est tiré de chaque ouvrage quelques exemplaires *numérotés*, sur papier de Hollande, destinés aux bibliothèques d'élite.